わが敵「習近平」

Xi Jinping

楊逸

Yang Yi

飛鳥新社

プロローグ
新型コロナウイルスの深い闇

なぜ中国から広がったのか？

楊逸《ヤンイー》と申します。中国・ハルビン市から日本に留学し、日本に帰化しました。日本語に魅了されて文章を発表していましたが、幸いにして二〇〇八年に『時が滲む朝』（文藝春秋）という小説で芥川賞をいただくことができました。中国の寒村に育った二人の青年が大志を抱いて大学に進むのですが、その時代に「天安門事件」に遭遇し、苦悩と挫折を味わうという小説です。「国家や社会のために、我々は何ができるのだろうか？」というメッセージを込めたつもりです。

いま、新型コロナウイルス感染症の災厄が世界を覆っています。中国・武漢で発生した新型コロナウイルス「COVID-19」は、猛烈な勢いで感染範囲を全世界に拡大していきました。当初は〝対岸の火事〟のように事態を眺めていたアメリカやヨーロッパにも、瞬《また》く間に感染が広がり、感染者数、死者数は、あっという間に感染源の中国を抜き去りました。

そこに私は、大きな恐怖感を感じています。この災いが中国から世界に広がっていったのはどうしてなのか？　それを深刻に考えざるを得ませんでした。では、なぜ私がこう考えるに至ったか……その経緯と私なりの考えを、本書でお話しすることにします。

青年医師の悲劇

世界をパンデミック（世界的感染爆発）に陥れた最大の原因は、紛れもなく中国共産党政府の稚拙極まる対応と、情報を隠蔽する体質にあったと、私は考えています。つまり、今回のパンデミックは、中国共産党の失政による「人災」だと言って過言ではありません。いや〝失政〟どころか、もしかしたら〝意図的なもの〟だった可能性すら、私は感じています。

新型と見られる肺炎の症状を訴える患者（0号患者）の死亡事故から逆算して、最初に発生した時期は二〇一九年一一月頃と見られます。そして最初にWHO（世界保健機関）に報告されたのが一二月三一日でした。その後、感染者は急激に増え続けました。にもかかわらず、中国当局が「ヒトからヒト」への感染を認め、本格的な対応を始めたのは、感染爆発から六週間も経った一月二〇日のことです。

しかも、いち早く「新型肺炎」の危険性を訴え、警鐘を鳴らした三三歳の武漢市中心医院の眼科医だった李文亮《りぶんりょう》医師は、「デマを流した」として自己批判文を書かされた上に、「社会秩序を混乱させるもの」として、訓戒処分まで受けてしまったのです。

李医師は、武漢市が最初に感染の事実を公表した前日の一二月三〇日、患者の検査結果を目にし、医師たちが参加する中国版のLINE「微信（ウィーチャット）」で、「海鮮市場で七例のSARS《サーズ》に似た症状が確認された」と報告したのです。SARSとは、二〇〇三年に中国で猛威を振るった「重症急性呼吸器症候群」です。医療現場で働く仲間たちに注意を喚起するためでした。

患者たちは李医師の病院の救急診療科で治療を受けていて、李医師はその後も治療を続けましたが、院内感染し、命を落としてしまいました。咳が出始め、衰弱が目立つようになっても、メディアのインタビューで真実を訴えかけていた李医師。「公権力による干渉に屈してはいけない。健全な社会は〝たった一つの声〟で構成されてはいけない」と語っていたそうです。

もし、武漢当局が李医師の言葉に耳を傾け、少しでも早く対策を講じていれば、感染拡大は防げたのではないでしょうか。そして李医師も命を落とすことはなかったかもしれません。

でも、この李医師の言葉は封殺されてしまいました。それどころか、告発の見せしめに、当局が適切な治療を受けさせなかったのではないかと、勘ぐってしまうほどです。

その結果、武漢市民は事実を知らされず、普段通りの生活を続けたため、あのような爆発的感染を引き起こしました。そもそも、当局が危険を知らせようとしないので、市民も、李医師の告発は「他人事」としか感じられなかったかもしれません。

新型コロナウイルス蔓延は「中国政府による人災」

新型コロナウイルスについては、興味深い指摘があります。これが武漢華南海鮮卸売市場で集中的に検出、確認されたことから、これまで中国政府は、発生源は「武漢市のマーケットで売買された野生動物」だと説明してきました。「野生動物」とは、具体的にはコウモリのことです。

これだけを聞けば、まるで食材としてコウモリが流通し、それがウイルスを媒介したような印象を受けます。しかし、決してそんなことはありません。

新型コロナウイルスの起源がコウモリに由来するコロナウイルスであることは事実です。しかし、武漢の位置する湖北省はコウモリの生息地域ではないのです。つまり、誰かが生息地から人為的に運んだということになります。

実は、「新型コロナウイルスの本当の感染源は、海鮮市場から一二キロほど離れた場所にある中国科学院武漢ウイルス研究所生物安全実験室（通称P４実験室）である可能性が高いという」という記事が、一月二三日、イギリスの『デイリー・メール』に掲載されました。

この海鮮市場の近くには、二つのバイオサイエンスの研究所があります。市場から約三〇〇メートルの至近距離にある「武漢疾病予防コントロールセンター」と、約一二キロ離れた「武漢ウイルス研究所」です。後者の研究所は、「P４実験室」という最高度レベルの実験を行うところらしいのです。

「武漢ウイルス研究所」のP４実験室は、設備のレベルが最高位にあるそうです。Pは「Protect」で、レベル４が最高位。中国でP４の設備を持つラボはこの武漢ウイルス研究所だけで、つまりここは中国のウイルス研究の最高機関なのです。

香港のメディアによると、中国広東省・華南理工大学の肖波濤《しょうはとう》教授の発表した論文は、

「新型コロナウイルスがコウモリなどの中間宿主を経て人に伝染した可能性より、武漢のバイオテクノロジー研究施設二か所のいずれか、あるいは双方から流出して蔓延した可能性が高いと指摘した」というのです。

この記事によると、この研究所でウイルス改変実験が行われていることはよく知られていて、すでに二〇一七年に、西側諸国の科学者たちはこの研究所の杜撰《ずさん》な運営体制を問題視し、この研究所からのウイルス漏洩の危険性を警告していたというのです。

その資料はアメリカのＮＩＨ（国立衛生研究所）の「GenBank（ジェンバンク）」に送付されています。そのサンプルを調べたところ、今回武漢で発生した新型コロナウイルスは、二〇一八年に人民解放軍が、浙江省舟山《しゅうざん》に生息する「舟山コウモリ」の体内から発見して分離した新型コロナウイルスによく似ていて、より正確に言えば、人為的に舟山コウモリウイルスを改変したものだといいます。

その証拠として、新型コロナウイルスの「Ｅタンパク」の組成構造の類似性が、舟山コウモリウイルスとほぼ一〇〇％なのだそうです。自然界の進化過程では「一〇〇％」は起こり得ないそうです。

ちなみに、中国はかつてこのＰ４実験室を設立するに当たって、フランスの医学者たちに協力を要請していたそうです。しかしフランス側では、「中国はその研究成果をいずれ生物兵器に転用する恐れがある」と、フランス政府に警告したのだそうです。

コウモリを媒介にして新型コロナウイルスを〝改変〟

舟山コウモリは二〇〇二~〇三年に中国広東省から発生し、世界的に大流行したＳＡＲＳウイルスの宿主です。香港大学の研究では、今年の一月、香港で感染した患者からウイルスを採取して遺伝情報（ゲノム）を解析したところ、以前、浙江省舟山市で捕獲された同類種から見つかったＳＡＲＳのウイルスに近く、感染者の症状などもＳＡＲＳによく似ていたそうです。この論文はイギリスの『ランセット』電子版にも掲載されました。

また、中国科学院が中国とミャンマー、ラオス国境付近の雲南省西双版納傣族（シーサンパンナ・タイ族）自治州に設けている世界最大規模の科学技術アカデミー「中国科学院西双版納熱帯植物園」は、二月二〇日、「新型コロナウイルスは海鮮卸売市場以外の場所で発生した」とする調査結果を公式サイトで次のように発表しました。

「同植物園は、北京脳科学与類脳研究中心などの他の研究機関とともに、二月一二日までに『鳥インフルエンザ情報共有の国際推進機構（ＧＩＳＡＩＤ）』のデータベースで共有されている四大陸一二か国・地域、九三の新型コロナウイルスサンプルのゲノムデータを収集して、解析した。その結果、ウイルスは二〇一九年一一月下旬～一二月上旬、身元不明の中間動物が最初のヒト宿主にウイルスを感染させ、また同じ頃にウイルスはヒトからヒトへと感染し、その後、海鮮市場の関係者や客を中心に感染者が拡大したと分析した」というものです。

これを受けて二月二六日、武漢市統治機構トップの中国共産党武漢市委員会と武漢市政府は、中国最大の微博（ウェイボー）で、新型コロナウイルス対策本部医療チームの見解として、「二〇一九年一二月八日に発病した市内在住の第一号患者について、彼は過去に一度も海鮮卸売市場を訪れたことはなく、ここが発生源ではない」とする結論を発表しました。その患者はすでに回復し、退院しています。

以上を総合すると、今回の新型コロナウイルスは、自然界で発生した「天災」の流行疫ではなく、バイオハザードとも言うべき、人為的なものが介在して蔓延した伝染病だということになります。「事故」ではなく「事件」という、当局が作り出した災禍の可能性が高いのです。

このことを取り上げても、中国政府が「危険から人民を守る」姿勢よりも、情報の隠蔽に力を注いだことは明らかです。当局は、中国人民の生命よりも、自分たちの「面子」を優先したのです。

情報を隠蔽し、責任を他者に転嫁する中国共産党

Ｐ４実験室をめぐる疑惑はこれだけではありません。今回の新型コロナウイルスは管理が杜撰なため外部に流出してしまったのではなく、〝意図的にばら撒かれた〟のではないかという疑惑も浮上しているのです。

二〇一九年の九月、武漢で人民解放軍が軍事演習を行ったのですが、その際、武漢当局がウェイボー（微博）のサイトに、以下のような投稿をしました。もちろん、当時はこれほどの大騒動になるとは知る由もなかったでしょう。

「演習に出席した一人が著しく体調を崩し、呼吸困難に陥って生命の危険があるというが、苦しくて命が危ないということで病院に急行したところ、新型コロナウイルスによるものだと診断された」

つまりこの時点で、武漢では新型コロナウイルスの発生を想定した訓練が人民解放軍によって実施されていたのです。一二月の軍事演習では、南京近くの軍港で、「万が一、クルーズ船で感染が発見された場合のシミュレーション」まで行っています。これは軍事演習に参加した機関のホームページで確認できます。

そしてもう一つ、二〇一九年一〇月に武漢で軍事オリンピック（ミリタリーワールドゲームズ、国際ミリタリースポーツ評議会主催）が開催されたのですが、米軍人やロシア軍人を含め、武漢に世界一〇九か国から九三〇〇人の軍人チームが訪れていました。

この軍事オリンピックの際、武漢国際空港で、中国人民解放軍の生物化学部隊が防疫対策訓練を行ったのです。軍事オリンピックに参加した外国軍の荷物から新型コロナウイルスが〝漏洩した〟という仮定です。〝漏洩〟とは責任転嫁で、私は人民解放軍内に「新型コロナウイルスを生物兵器として軍事的に使う想定」があったのではないかと考えています。

もちろん、その一方で、生物兵器ということに異議を唱える人もいます。その主張は、「中国の領土は広いのに、なぜ武漢のような国土の中心部に位置する交通の要衝で、そんなに危険なものを製造しなければならないのか？」というものです。

確かに、生物兵器を製造するとしても、製造場所は人家の少ない砂漠や高原などになるはずだと考えるのが常識的です。しかし、この論拠だけで生物兵器製造計画疑惑が払拭されるわけではありません。現に日本にも「危険性」の判断を押し切って、原子力発電所の建設を推進してきた歴史があります。

やはり今回の新型コロナウイルスは、中国共産党により武漢ウイルス研究所P４実験室で組み換えられたものであり、その目的は「生物兵器の開発」にあったのではないかという疑惑が捨てきれません。

事実はともあれ、世界にパンデミックを引き起こした元凶は中国にあります。中国当局は、世界に対してこの事実を認め、詳細な経緯を明らかにする責任があるはずです。

それなのに、いっさい情報を開示しようとしないばかりか、「アメリカ軍が武漢にウイルスを運んできた」などと、他に責任を転嫁する姿勢に終始しています。

なぜ、中国共産党政権が頑として己の非を認めようとしないのか、責任を他に転嫁しようとするのか……中国共産党にはそれが「できない理由」と、「してはいけない理由」があるからです。

だから私は「今回のパンデミックは中国政府による人災」であることを糾弾し、その背景と真因を明らかにしていきたいと思います。中国人の一人として、中国政府に姿勢を正してほしいと願って、本書を執筆したというわけです。

著者写真撮影●太田晋三
本文デザイン・DTP・校正●㈲メディアネット
本文写真●共同通信イメージズ

わが敵「習近平」——もくじ

プロローグ　新型コロナウイルスの深い闇

1　武漢ウイルスは中国が世界に仕掛けた「戦争」だ

2 私の体験が物語る中国共産党の「非道」

3 五六の民族に五六の不幸

4 強欲な共産党が「世界支配」を目論む

5 中国人へ、覚醒のすすめ

（本文敬称略）

1

武漢ウイルスは中国が世界に仕掛けた「戦争」だ

生物兵器としての新型コロナウイルス

私は、今回の新型コロナウイルスは、「中国が世界に仕掛けた戦争」ではないかと考えています。中国は世界に対して、密かに攻撃を開始したのではないか……。

なぜそう思うに至ったか、もう一度「新型コロナウイルス発生の背景」を考えてみましょう。

武漢ウイルス研究所のＰ４実験室や、中国疾病予防コントロールセンター傘下の武漢疾病予防コントロールセンターの実験室で、コウモリから分離したコロナウイルスに関する実験が行われていたことについては前述しました。それは、武漢ウイルス研究所のバイオ科学者チームが『Nature Medicine』（二〇一五年一一月九日）上で、コウモリで見つかったＳＡＲＳに似たコロナウイルスの一種（SHC014-CoV）が疾病を引き起こす可能性についての論文を発表していたことでも明らかです。

これはＳＡＲＳ遺伝子から、「リバースジェネティクス（逆遺伝学）」という手法を活用して、一種のキメラウイルスを生成したという内容です。

そして二〇二〇年一月三〇日の『ランセット』誌には、「最新『新型コロナウイルス』研究：持病を持つ患者の感染率が高い。ウイルスの遺伝子は『舟山コウモリ』と酷似」という趣旨の論文が発表されました。執筆者は、武漢P４実験室所属の研究者と、武漢大学でウイルス研究をしている者の二人です。

彼らによると、新型コロナウイルス感染者九九人のデータを分析した結果、このウイルスは、二〇一五年から一七年に浙江省舟山市で捕獲された「舟山コウモリ」で見つかったSARS関連のウイルスにもっとも近く、舟山コウモリウイルスとの類似性は平均八八％だそうです。

「しかも平均的に進化が速い上に、異なる感染者から得た新型コロナウイルスの遺伝子配列はほぼ同じで、九九％超（九六％超という説もあり）の同一性を持っている」というのです。

つまり今回のコロナウイルスは、ごく短い間に、同じ発生源から出たものだということです。通常、ヒトからヒトへと伝染した場合、同一性は少しずつ減っていくのですが、同じ数字を保っているということは短期間で同じ発生源から感染したということになります。

これに遡ること七年前の二〇一三年、この研究チームはSARSウイルスと雲南コウモリウイルスの関係性を発見していました。その後、雲南コウモリのＡＣＥ２という「遺伝子のスイッチ」を研究し、遺伝子組み換え技術を利用し、コウモリのタンパク質とマウスのＳＡＲＳウイルスを組み換えて、新しいウイルスを誕生させました。そして「これを人体のＡＣＲ２（遺伝子の受容体）と結合させることで、効率よく人間の呼吸器細胞に感染させることができる」と発表しています。

つまり、このウイルスは毒性が強く、実験の結果、マウスの両肺に与えるダメージが大きく、持つ抗体も、現有ワクチンも効かなくなるといいます。

恐ろしいことに、論文の執筆者たちは「この発見が多大な意義を持つ」とし、「次は、より人間に近い猿を用いて実験し、人体での効果についてさらに研究を進めたいと計画している」というのです。これこそ、「生物兵器」開発の意図以外の何ものでもありません。

この論文は発表後、アメリカの科学者の間で大議論を巻き起こしました。「研究」の意義そのものを疑問視するだけでなく、人類や動物に与える「リスク」が問題にされたのです。

こうした研究は、アメリカではすでに二〇一四年に禁止されていたのです（二〇一五年一一月九日『Nature Medicine』。「A SARS-like cluster of circulating bat coronaviruses shows potential for human emergence」by Shi-zhengli Ge-shiyi and others)。

「人が感染しやすいように培養した」

つまり前にも述べたように、新型コロナウイルスは、二〇一八年に人民解放軍の研究者が浙江省舟山に生息する「舟山コウモリ」から発見し、分離させたものである可能性が高く、しかも人間に感染しやすいように人為的に手を加えています。このサンプルは、その後、南京軍区軍事医学科学研究所がアメリカ国立衛生研究所（ＮＩＨ）の「GenBank（ジェンバンク）」に送ったものが、いまも保管されているそうです。その論文には「ヒトからヒトへ感染が可能」とも記してあるといいます（「Genomic characterization and infectivity of a novel SARS-like coronavirus in Chinese bats」）。

では次に、「媒介生物」とされた「コウモリ」という視点から、新型コロナウイルスが〝生物兵器〟であることの根拠を、まとめてみましょう。

正直に申し上げると、新型コロナウイルスを故意に拡散させたのかどうかについては、まだ確証が持てません。確かに、当局が最初に「発見した」と主張していた華南海鮮卸売市場には、コウモリはいないのですが、海鮮市場には、魚介類の鮮度を保つため、氷が多く使われています。新型コロナウイルスを氷に撒けば、長持ちするし、感染が広がりやすいのも事実です。また「自然由来と考えさせるには都合がよいだろう」とするのは、勘ぐりすぎでしょうか。

その後、一一月にはすでに感染者がいたことがわかりましたが、「0号患者」と言われる最初の感染者は、海鮮市場との接点はなく、感染源は別にあると考えられます。

一方、二〇一九年一二月三一日に、中国当局はWHOに報告した後、一月二日に誤った新型コロナウイルスの遺伝子配列サンプルを提出しました。意図的な隠蔽か、情報撹乱が目的なのかは定かではありませんが、それが一月一四日になって訂正されました。訂正後のサンプルを分析したところ、舟山コウモリウイルスに由来したものとわかりました。

その証拠として、新型コロナウイルスには、四種類の重要なタンパク質がありますが、そのうちの「Eタンパク」は、舟山コウモリウイルスとの類似性がほぼ一〇〇%だったからです。香港のコウモリ研究専門家は、「自然変異では、Eタンパクだけを一〇〇%そのまま保つことは不可能だ」と指摘しています。ウイルスは変異度が高く、異種間で感染するので、自然進化では一〇〇%の一致はあり得ないのです。

つまり「一〇〇%」ということで、今回の新型コロナウイルスが、SARSの原因になった「舟山コウモリウイルス」からきていることが明らかになったのですが、この専門家は、「そのままでは基本的に人間に感染しないもので、人間に感染させるには、人工的にウイルスを変異させなければならない」としています。

おそらく中国の実験室で「舟山コウモリウイルス」の遺伝子を組み換える際に、人間に感染しやすいように手を加えても、Eタンパクだけはそのままにしたのだと憶測できます。Eタンパクは、高い「感染力」と高い「致死率」をもたらすもので、この働きについては、二〇〇二年発生のSARSによって明らかにされています（Virology Journal「Coronavirus envelope protein: current knowledge」）。

少し難しい話になりましたが、これらを踏まえると、「新型コロナウイルスは、人間が感染しやすいように人工的に培養した変種の舟山コウモリウイルス」であることが明らかになってきます。

中国当局は明らかに情報を隠蔽している

私が考えるには、コウモリのウイルスを直接、人間に感染させるのではなく、中間に何か〝人間に近い〟動物を介在させて、そこから人間にうつすというプロセスの実験を、Ｐ４実験室が行っていたのではないかということです。

「自然の進化ではここまで変異しない」というのが、一つのキーワードです。どんな手順で、どんな組み合わせをすれば、生物兵器として人間に打撃を与えるような効果が生み出されるか、実験を繰り返してきたというわけです。

そのプロセスを説明する論文も提出されていて、「現状ではまだ、コウモリのウイルスを直接、人間に影響を与えるまで進化させる段階には至っていない。だから、大幅に人間の手が加えられている」ということが、この論文に記述されているとのことです。

私が調べた範囲では、生物兵器として活用するためのウイルスには四種類あって、それはＳＡＲＳウイルス、豚インフルエンザウイルス、エボラウイルス、ＨＩＶ（ＡＩＤＳ《エイズ》）だそうです。

エボラウイルスは死亡率が高いのですが、感染後、短期で発病し、すぐに死亡に至ります。感染力が強いということは症状が見つけやすいということで、予防もしやすい。ＳＡＲＳウイルスはインフルエンザの一種なので、やはり発見しやすく、対処が可能です。

それに比べ今回の新型コロナウイルスは、知らないうちに感染するのが特徴で、感染させるほうも、するほうも自覚がない場合が多いのです。潜伏期間が長いのと、感染しても発病しない可能性もあります。しかし、自分は発病しなくても、人に感染させている可能性が高い。つまり集団感染を起こしやすいのです。

しかもＨＩＶのウイルスも組み込まれているという説もあり、いっそう完治が難しい。妊婦が感染すると、胎内の赤ちゃんまで感染してしまいます。

血液感染の可能性もあります。インフルエンザは空気感染・飛沫感染ですが、血液感染はしません。しかし新型コロナウイルスにはＨＩＶのウイルスが組み込まれているかもしれないので、血液感染のルートもあります。すると治癒不能なのです。

そして、たとえ一度治ったかのように見えても、再発しやすいのが特徴だそうです。陰性から陽性になって、一度感染したら一生付き合わなければならなくなる可能性もあります。それが、この新型コロナウイルスの恐ろしい点です。しかし、誰も感染しているかどうかわからないから、みんなが動き回って、あっという間に感染を広げてしまいました。気づかないうちに爆発的に広げさせるという点は、兵器としてはとても有効なのです。

0号患者の情報がないのでワクチンが作れない！

先ほども述べたように、当初「発生源は海鮮市場のコウモリ」と言われましたが、「0号患者」と呼ばれる最初の患者は、武漢の海鮮市場を訪れていないし、ましてコウモリと接触していない。どこからこの説が出てきたのか、詳細は不明です。でも、海鮮市場との接点がまったくないのなら、当局はその事実を公表すればよいはずです。しかし、いまだに情報を秘匿したまま。

当局自身は、0号患者のウイルスを採取して、データを把握しているはずです。

実はある中国のブロガーが調査したところ、武漢ウイルス研究所に勤めていた黄燕玲《おうえんれい》という若い女性研究員が0号患者であることにたどり着いたそうです。この女性は、新型コロナウイルスに感染した第一例の死亡者で、彼女の葬儀に参加した人たちの間でヒトからヒトへの感染が始まったそうです。

武漢ウイルス研究所は、この女性感染者が0号患者ではないと否定しましたが、多くの人が彼女の所在を調査し始めると、彼女が勤めていた研究所のウェブサイトにあった写真やプロフィール、論文情報などはごっそり削除され消えてしまいました。様々な痕跡は、彼女が今回のパンデミックの起点であることを物語っています。彼女が死んだのは一二月の初めで、逆算すると感染時期は、一一月だったと思われます。

このように、人体実験が目的だとすれば、いつ撒かれたのか、どういう経路をたどって、どんな患者が出たのかを、すべて把握しているはずなのです。でも決して公開しようとはしない。意図的なものを感じざるを得ません。それは、一種の情報撹乱です。新型コロナウイルスは、変異するのがとても速いので、初発の0号患者の正確な情報がなければ、原初のウイルスはどういうものだったのか、誰も正体がわかりません。正確な正体がわからなければ、ワクチン開発に時間がかかる。そのために、わざと情報を公開しないのではと、私は睨んでいます。

アメリカはビッグデータを駆使して、アメリカでの0号患者を探していますが、中国での0号患者のデータがないと〝根本〟にはたどり着けないのではないでしょうか。アメリカで猛威を振るっているウイルスは、中国などで流行ったものとは、すでに構造が違うかもしれないのです。

実は三月初旬、中国の研究チームから「新型コロナウイルスは二種類ある」と報告が出されました。それによれば、一つがコロナウイルスの感染源とされるコウモリの遺伝子に近い「S型」、もう一つが変異を遂げてより新しく進行性の高い「L型」。これはより攻撃的で、急速に蔓延するそうです。

コロナウイルスは変異しやすいのが特徴で、感染者が爆発的に増えてウイルスが増殖を繰り返すほど変異が起きやすくなるそうです。イタリアやスペインでは、このL型が猛威を振るいました。

「クルーズ船感染」前から対応をシミュレーションしていた

私はこうした情報を、アメリカの「Gニュース」から得ています。亡命した中国人が設立したサイトです。私自身が、こうした惨状を訴えかけるために動画配信を決意したとき、「Gニュース」と連絡を取り、了解を得た上で使用しています。

もちろん、私自身では信憑性は検証できません。そこで、その他のニュースやサイト、論文などを丹念にチェックして、客観的に真偽を確かめるようにしています。

すると、面白い情報が出てきました。先ほども述べましたが、二〇一九年の一年間、中国の人民解放軍が、生物兵器を使ったシミュレーションを、毎月のように実施していたのです。一二月の軍事演習では、南京近くの軍港で、「万が一、クルーズ船で感染が発見された場合のシミュレーション」を行っています。これは軍事演習に参加した機関のホームページで確認できます。

そうすると、豪華クルーズ船「ダイヤモンドプリンセス号」の感染は、世界中にウイルスを拡散させるため、意図的に感染患者を乗船させたかもしれないという疑いが生じます。一説によれば、感染源になった高齢の香港人は香港のパスポートは所持しているものの、もともとは中国内陸の汚職官僚で、クルーズ船に乗る直前まで刑務所にいたそうです。なぜか急に釈放され、香港から船に乗り込んだそうです。

でも、ろくに調査もしないうちに、その人物は死亡してしまった。発生後の当局の対応は、まったく歯切れの悪いものでした。

しかも奇妙なことに、WHOのテドロス・アダノム事務局長は、原因がはっきりしないうちから「大丈夫、ただのインフルエンザです」と言い続けていました。世界的な健康関連機関の責任者の言葉とは思えません。テドロス事務局長が「たいしたことはない」「ヒトからヒトへの感染はないから、コントロールできる」などと発言し続けてきたのは、中国当局と共同して平静をイメージづけたいと考えたからでしょう。でも実際は大違いでした。そして世界中一〇〇か国以上に広がったところで、やっと「大事になった、パンデミックです」なんて宣言する始末です。

　詳細は後述しますが、これはテドロス事務局長と中国当局が組んだ〝猿芝居〟だと、私は考えています。中国はＷＨＯに多額の分担金を拠出していますし、彼の出身国エチオピアは、アフリカ諸国の中でも際立った〝中国寄りの国家〟として有名です。

　しかし、やがて、あれよあれよという間に世界各地に飛び火して、イタリアなどヨーロッパのあちこちで爆発し、アメリカでは最大の感染者と死亡者を出しています。すると中国は、「わが国の感染者は海外から帰国した者ばかりだった」と事実を捏造《ねつぞう》するだけでなく、他国の対応を批判し始める。しかも「中国では事態は収束に向かっている」として、意図的に患者数をごく低めに発表したのです。

　中国政府としては、そういった〝戦争形態〟もあり得るということのシミュレーションを、内々にやっていたということです。

　では、なぜ中国当局は、こうした作戦を展開したのでしょうか？　諸説考えられますが、根強いのは「香港の時代革命」対策を目的とする説。〝暴力的〟には決して見えない措置として、いざというときにこのウイルスを使用しようと準備してきたというものです。それがなぜか、外部に流出して、世界的に広まってしまったというのです。

香港での感染者数はそれほど多くないですが、数字の捏造も考えられるので、実態は不明です。

もう一つは、共産党中央の内部抗争の結果だという説があります。政敵の基盤を崩すために、意図的に拡散させたというものですが、これについては、後で述べることにしましょう。

「収束」は数字の捏造でしかない！

武漢市は約二か月半の間、都市が封鎖され、四月初旬に「収束に向かっている」と、封鎖が解除されました。でも本当にそうだったのか？　私は疑っています。感染者数、死亡者数の数字を捏造して、〝見せかけの平和〟を演出していただけのように思えます。

実際に、どういう対処をしたのか、医療技術がどれだけ効果を発揮したのか、何の説明もされないままだからです。中国の手先であるＷＨＯのテドロス事務局長は、「中国は効果的な対応をした」とお追従《ついしょう》を述べていますが、治療薬もワクチンも開発されていない状態で、どういう対処をしたから収束に向かったのか、中国はそれを世界に説明する責任があるはずです。

おそらく、中国政府は世界に向けて「わが国はこれだけ素晴らしい成果を示した」と誇示するのが目的でしょう。しかし、いま陰性の人が、ひとたび陽性に転化したら、当局はどうするのでしょうか？

それでなくても、中国国民自身からも「本当に収束したのか？　数字の捏造ではないのか？」という疑問の声が上がっているほどなのですから……。

また、このままだとＧＤＰが大幅に下落してしまうという経済問題も、収束宣言の背景にあるでしょう。できるだけ早期に民工などを職場に復帰させたい、あるいは臨時工を雇わせて、南の沿海都市の企業の就業再開を急がせています。とにかく、早く工場生産を開始したい、従業員を仕事場に戻したいのです。感染者数、死亡者数が増え続けると、生産再開などは夢のまた夢になりますから。

そして工場のオーナーたちに、「工場をオープンして稼働せよ」と伝達しました。もちろん、「危険性がまだ去っていない」、あるいは「発注がない」「態勢が追いつかない」と反発するオーナーがいましたが、当局は強引に「これだけ電気を使用しろ」とノルマを定め、それに達しないと罰金を徴収するというのです。

しかしこれは、医師すらいない農村部から来た潜在的な感染者を都市に復帰させて、職場に集めて働かせることを意味していて、新たな二次的感染拡大を招く恐れがあります。戻ってきた従業員の中で感染者が出たらどうするのか？　再び感染者が出たら、工場全体を閉鎖しなければなりません。SNSで拡散している動画では、「そうしたら、このグループ全体を隔離して、また新しいグループを送り込むだけ」という当局の指示が伝えられています。

中国経済は、「改革開放以来、初のマイナス成長に陥りかねない」と懸念されていて、なんとしても生産体制を回復したいという、中国政府の焦りが見て取れます。

もし仮に、本当に収束されておらず、「偽りの収束宣言」であったとしても、それは国家の最高機密に属することなので、真相が表に出ることは、今後も決してないでしょう。いったん党中央が「中国国内での感染は収束している」と宣言した以上、党にとって都合の悪い事実は隠蔽され、今後は患者数にも死亡者数にも反映されないはずです。とくに農村部や民工の間で発生した患者は、今後も満足な医療も受けられないままに捨て置かれ、一般的な病死扱いになるのです。

公表数は明らかに「過少申告」

武漢の感染者や死亡者の実数も、公表数は明らかに過少で、実数はけた違いに多い可能性が高いと思います。

二月四日、海外にある中国語メディア『大紀元時報』は覆面取材で「死亡者数」について、湖北省のある葬儀場に電話して訊ねました。それによると、武漢での新型コロナウイルスの死者は一月中旬から増え始め、火葬炉が一月二二日から二四時間稼働となったそうです。取材の前日、つまり二月三日には一二七体が運び込まれ、うち一一六体を焼いたといいます。「新型コロナウイルスの診断書が出た」のは八体、「ウイルスの疑い」は四八体で、他は「死因不明」として処理されたらしいのです。そして死者の三割は病院で亡くなり、六割は家で死んだそうです。一月三一日の武漢での死亡者数は、一〇六人でした。

二月二〇日頃、武漢市火葬場の現場責任者がユーチューブを通じて発信したビデオ報告では、武漢市内に八か所ある火葬場は一月末から二四時間のフル稼働態勢で、一か所当たりの最大処理能力は一日百数十体だそうです。

ちなみに三月に発表された「中国国内での携帯電話の契約件数」は、一月と二月のふた月で、中国移動、中国聯通、中国電信の三社合わせて、一八六〇万件も激減したとのことです。また、三月二六日から四月五日までに、武漢で「遺骨を受け取る」作業が始まりました。一日五〇〇体を一〇日間にわたって返すということですから、一葬儀場につき遺骨は五〇〇〇体あった計算になります。

武漢には葬儀場が八か所あり、単純計算で四万体になります。これは武漢だけの数字ですし、しかも封鎖される前にすでに引き取ったものや、自宅で亡くなり未発見の死者などは含まれていません。つまり実態は、当局が発表した数字の何倍にもなるということです。

市民もこれをよく知っているのでしょう。習近平の武漢視察の前日、同市を事前視察に訪れた党要人の視察団に対し、周囲のアパートから「すべて嘘だ」と、罵声が浴びせられている映像が、ユーチューブで流されていました。

また、空母の造船所や人民解放軍内でも、工員や水兵が感染して隔離されているという情報や、武漢市内で再開された企業内で、二次的な感染拡大が起こっているという情報もあります。

公式には、武漢に大急ぎで建設された臨時病院が閉鎖されたと報じられましたが、その一方で、中国の他地域では臨時病院が増設されているとの報道もあります。

さらに、WHOの調査団は武漢市を訪問したものの、案の定、当局のお膳立てのままに行動し、実効性のある調査は行われなかったと報告されていますし、アメリカの専門家調査団派遣要請も拒絶されています。これらのことを取っても、中国国内での新型コロナウイルス感染が本当に収束したとは言いがたく、私は相変わらず、隠蔽工作が続いていると確信しています。

恐るべき火神山医院の実態

つまり武漢市に代表されるように、感染地帯を封鎖し、感染者を病院に押し込んで、外部から見えないようにすればいい……それが中国当局の考え方だと、私は思います。

武漢市での感染の急拡大を受けて、当初、武漢市当局は病床不足に対処するため、一〇日間で新しい病院を建設しました。それが「火神山医院」。しかし、そこで適切な治療がなされていたかどうかは疑わしいものでした。治癒した率や致死率などについての正確な情報も発表されないままでした。

どうも「医院」とは名ばかりで、医師も看護師もおらず、患者は何の治療も受けられず、ただ放置されているだけというのが実態だったようです。個室は外から鍵をかけられ、自由に出入りできない。いったん入ったら、遺体になるまで出てこられない。三月末に、「当局は、ある台湾メーカーに数十万個のボディーバッグをオーダーした」というニュースがありました。

感染の疑いがあるというだけで強制的に連れていかれても、ろくな治療を受けられず、隔離されるだけ。病院での感染リスクが高く、仮に陰性だったとしても、感染して発症してしまう可能性もあります。これは明らかな「迫害」です。

一説によれば、当時の武漢では、深夜から早朝にかけてのアルバイトが募集されていたそうです。亡くなった方の遺体を、夜を徹して搬出する作業に従事するのです。火葬場は二四時間態勢のフル稼働で、自動ラインのような形になっていて、遺体を載せたら、後ろから灰になって出てくるようになっているという噂もあります。

お骨も「いまは感染の疑いがあるから、渡せない」と言われ、葬式もなしにお骨になっていたという話も聞きます。お骨自体は感染の余地はないけれど、箱にウイルスが付着しているという考えなのでしょうか。

初期はまだ少し余裕があって、遺族に遺体を引き渡していたようです。しかしやがてその余裕もなくなって、実のところ、仮に引き渡されても、実際は誰のものかわからない。あまりにも多いから、自動ラインで焼却するだけになってしまったようです。

また少し前までは、火葬に従事する人たちが、遺体の数を数えていたといいます。ある時点までは、一日当たりの死者数がカウントできたけれど、急激に増えすぎて、正確な数字がわからなくなってしまいました。そのうちに、二四時間稼働でも追いつかなくなって、ごみ処理車のような移動火葬車を四十数台投入して対処したそうです。わずかな時間で焼却できるといいます。これはまるで、ゴミ焼却や動物の死体処理と同じようなものです。

また、武漢の隔離地区では誰も家から出られないから、食料が手に入らなければ餓死するしかない。最初は「武漢封鎖をしても食料は十分足りている」と発表されましたが、実際はまったく行き渡っていなかったのが現実のようです。

結局、武漢の隔離地区に閉じ込められた人たちは、病死するか餓死するしかない。仮に、一家全員が感染したら、誰も事情がわからない。親しい人が「連絡が取れない」と訴えても、当局も動いてくれないので、確認のしようがないのです。

悲惨な武漢封鎖の現実

しかも、火神山医院や雷神山医院、方艙医院など、急ごしらえの〝病院〟を建設したはいいが、工事を担った労働者たちの給与が未払いのままという話もあります。当初は日給制や月給制で募集したらしいのですが、工事が終了しても支払われない。みんなに「これはボランティアでやった」と、強制的に言わせているらしい。あまりにも理不尽です。

最初の口約束では、「一日三〇〇元（約四五〇〇円）の手当て」という約束だったようです。これは現在の中国の給与水準からしても安いのですが、働く人は住居や食事を自分で賄わなければならない。しかも突貫工事で、労働時間が長い。感染のリスクを抱えて肉体労働に従事する人たちを、強制的にボランティアにしてしまうなんて、こんな非情な政府は、見たことがありません。

それ以上に、同じ中国人として情けないのは、封鎖に便乗する輩《やから》が横行したことです。

共産党の幹部が、親戚や知人に封鎖された地区への移動野菜販売などの特権を与えて、普段の十数倍の高値で売りつけるのです。「こんな高い野菜、誰が食べられるの！」という声が上がり、住民たちは自らボランティアに連絡して、一般価格の野菜を調達して、みんなで買い分けている状態でした。

すると、共産党系の息がかかった商人は、警察に通報して、ボランティアによる野菜のシェアを妨害する。抗議すると逮捕され、「感染の疑いがある」と濡れ衣を着せられて、火神山医院などに運ばれてしまう。そうすると、生きて帰れるかどうかわからない。これほど怖いことはないのです。

治安維持の名目で〝危険分子〟を一掃

もう一つ怖いことがあります。次章で詳しく述べますが、私たち一家は文化大革命による「下放」で、塗炭の苦しみを味わいました。なぜハルビンの一介の教員だった父母が、「思想改造」を命じられて、一家が農村地帯に向かわなければならなかったのか？　理由はいまもって不明です。

要するに、中国という国では、法律は建前にすぎないのです。文化大革命の時代、「毛沢東思想を守れ！」という名目で「治安維持」のため、紅い腕章を巻いた紅衛兵が街を跋《ばっ》扈《こ》しました。

いまも、基本はそれと同じような状態にあります。警察や軍隊の代わりに、治安維持という名目の地域の民間組織が跳梁しています。現代の紅衛兵です。

中国のＳＮＳである「微信（ウィーチャット）」にアップされる動画には、「私は何の症状もない。どうして私を連れていくの！」と泣き叫ぶ女性を、公安当局が数人がかりで無理やり車に乗せていく映像や、近所の人たちから「外に出るな！」と言われて玄関に木材を打ちつけられたり、溶接されて門を閉じられてしまう家の様子が映し出されていました。

「非常時」を喜ぶ人は、いつの時代にもいるもので、国家から「治安維持」のお墨付きをもらえば、怖いものなしです。場合によっては、日頃から心よく思っていない人間や恨みを持っていた人間を、名指しで批判したりします。「こいつは前からアヤシイと思っていた」という人間に目をつけ、治安維持を目的に「あの家の者は感染したらしい。病院に連れていこう」と、隔離してしまう。そうした非人道的危機も横行しました。

警察も同様です。感染の疑いがあるのなら、医師や衛生関係者が訪問すればいいはず。しかし中国では、警察や軍隊が赴くのです。しかも感染の疑いがあるならば、当人をその家で隔離すればよいはずなのです。なぜ嫌がる人を無理やり引っ張り出さなければならないのでしょうか。

これは明らかな迫害です。ヒトラーがユダヤ人を強制連行したのと、何ら変わりがないのです。

主要国の要人を狙った「ウイルス・テロ」なのか?

ヨーロッパやアメリカでは、瞬く間に感染が広がって、イギリスのジョンソン首相も一時、集中治療室に運ばれました。カナダやスペインの首相の奥さんや、俳優のトム・ハンクスも感染が確認されました。

少し前のことですが、新華社の記者二人が、熱があるのにもかかわらず、ホワイトハウスに入ろうとして拒否される事件がありました。最初に測ったときに熱があり、入館を拒否されると、「急いで走ってきたので体温が上がったから」と釈明をしました。けれど三

○分後に再度検温しても下がらない。結局、入館できませんでした。

勘ぐりすぎかもしれませんが、外国の要人たちが次々感染している背景には、こうした方法を使った中国による「テロ」があるのではないかと、疑ってしまいます。あらゆるルートを使って、ウイルスを拡散したがっているのだ、と。はっきりとはわかりませんが、感染状況の広がりを見ていると、とても疑わしい点がある。なぜそうなるのかを疑問として提起し、しっかりと究明すべきだと思います。

新華社の記者の場合でも、「熱がある」と言われたら緊張するし、普通なら「すみません、気づきませんでした。出直します」とか「病院に行きます」などと言って引き返すはずです。それなのに無理やりホワイトハウスに入ろうとするなんて、この記者の場合、あまりにも反応が不自然だと感じられてなりません。

「犯人はアメリカだ」と責任転嫁

新型コロナウイルスの肺炎拡大について、中国政府は「ウイルスと全人類の戦い」を強調していますが、その一方で、三月一二日、中国外交部の趙立堅《ちょうりっけん》報道官は英語と中国語で「新型コロナウイルスは米軍によって中国・武漢に持ち込まれた」とツイートしました。これは、アメリカ側の「中国責任論」に対抗したもので、国際世論を自国に有利に誘導しようとする意図が見えます。

事の発端は、アメリカのポンペオ国務長官が「武漢が発生地であることを忘れてはならない」と発言したこと。これを契機にアメリカでは、「中国は新型コロナ問題で全世界に謝るべき」という中国責任論が湧き起こりました。中国はこれに真っ向から反論したのです。

趙立堅のツイッター発言の根拠となっているのは、中国SNS上に広がった噂です。それは前にも述べたように、二〇一九年一〇月に武漢で開かれた「軍事オリンピック」に参加した米軍が、新型コロナウイルスを持ち込んだというものです。

実は、アメリカはかねてから「新型コロナウイルスが確認された後の中国の対応が遅い」ことに不満を感じていて、トランプ政権は、早々に中国全土からの渡航制限に踏み切っています。主張は明快です。「中国の隠蔽がパンデミックの原因だ」というものです。

中国側はこれについて反論したわけで、「誰かを攻撃して悪いイメージを植え付け、恨みごとを言う時間があるなら、その時間を感染症の対応に当て、協力を強化したほうがまし」という中国の発言は、一見、正当に思えます。しかし、中国政府を代表する人間が、個人のツイッターでとはいえ、ネット上の〝単なる噂〟である「米軍持ち込み説」をつぶやくなんて、軽率すぎるのではないでしょうか。いや「軽率」という言葉すら弁護しすぎかもしれません。事実を捏造して、国際世論の風向きを、自分のほうに向けようとしたのです。

また、前述の武漢ウイルス研究所でのコロナウイルスに関する実験には、アメリカ・ノースカロライナ大学の研究者たちも参加していて、実験の計画や実施がノースカロライナ大学の研究室で行われていたのも事実です。したがって「仮にウイルスが人為的なものだとしても、アメリカの研究室から流出した可能性もある」というのが中国側の言い分です。

アメリカは、この見解に厳重抗議し、「中国が責任をアメリカに転嫁しようとしていること」を強く非難しました。国際世論でも、「いまは事実でない情報と捏造デマをばら撒くのではなく、各国が団結して共通の脅威と対抗すべきときだ」というアメリカの主張に、軍配が上がるはずです。

習近平独裁体制こそが〝情報隠蔽〟の真因?

その一方で、中国国内では、責任逃れが繰り広げられています。その背景には、習近平主席の指導力に疑問が投げかけられ、苛烈な権力闘争が始まっているという見方も絶えません。憲法を改正し「終身皇帝」への道を開いた習近平ですが、「一帯一路」構想を強硬に進めるあまり、世界から反発を買い、とくにアメリカとの摩擦を引き起こしたからです。共産党指導部には〝面従腹背〟の人物も多く、習近平は難しい舵取りを迫られています。だからでしょう。率先して事態に対処すべき習近平が、感染が急拡大した後になって、「すでに一月初めに対応を指示していた」と言いつくろい始めました。

新型コロナウイルスの発生以降の中国政府の対応を整理してみましょう。

武漢の海鮮卸売市場で四一例の感染症患者の発生が確認されたのは、二〇一九年の一二月一日です。のちに、そのうちの約三分の一は海鮮市場には出入りしていなかったことが『ランセット』の論文で明らかにされていますが、この段階で「ヒトからヒトへの感染」があることは確認されていました。適切な処置を講じなければパンデミックになりかねない事態の出現を意味しています。

二〇〇三年のSARSの教訓から、こうした新型の感染症の発生は、WHOを通じて世界に発信し、脅威への対処を呼びかけることが、国際的な合意になっていたはずです。しかし中国当局は報告を怠りました。感染拡大阻止のための初動の責務放棄が、世界的なパンデミックを招く元凶となったのです。

最初の患者発生が世界に報じられたのは一二月八日です。しかし「新型感染症は発生したが、ヒトからヒトへの感染の事実はない」と発表されました。一二月一日の段階で、「ヒトからヒトへの感染」があることは確認されていたのに、この時点ですでに情報隠蔽が始まっていたということです。

そして一二月一六日には、上海の感染予防センター職員がサンプル採取のために武漢に赴いており、その結果は党中央に報告されています。しかし武漢市当局は一月一七日まで約一か月間、「ヒトからヒトへの感染」の事実を隠蔽した虚偽報告を続けていました。そして一月一九日に、北京から感染症の中国での最高権威である鐘南山《しょうなんざん》中国国家衛生健康委員会専門家グループ長が直接武漢に赴き、「ヒトからヒトへの感染」がありうることを確認して党中央に報告。ここでようやく、武漢市の〝隠蔽〟が明らかになりました。

それにもかかわらず、一月一八日、武漢で「万家宴」という大宴会が開かれて、春節を祝うために市民四万人が集まったといいます。結果的に、これよって感染が急拡大していったのですが、武漢市当局は警告を発することなく、感染はさらに広がっていきました。

武漢市が新型コロナウイルスで「ヒトからヒトへの感染はない」と情報操作をした背景には、三月五日に予定されていた「全国人民代表大会（全人代）」に向けて、武漢市で一月一二日から一七日まで、武漢市のある湖北省の「両会」（全国人民代表大会と中国人民政治協商会議）の無事開催を優先するという、武漢市党委員会書記以下の判断があったようです。もし、この「両会」を無事に開催できなければ、党中央から厳しい叱責を覚悟しなければなりません。懲罰を受ける可能性もあります。その恐怖心が、武漢市幹部をして、隠蔽に向かわせたのでしょう。

習近平は就任以来、「腐敗一掃、汚職追放」を掲げて、強権政治を行ってきました。事実、武漢市近隣の重慶市では党委員会書記だった薄熙来《はくきらい》一派が、汚職を理由に粛清されている土地です。そのこともあって、武漢市の党トップが過度の保身に走り、「ヒトからヒトへの感染」という、もっとも大事な事実の隠蔽に走ったものと思われます。これも習近平独裁体制がもたらした情報隠蔽だと言えます。

習近平はウイルス騒動を権力闘争に利用した？

時間を少し戻しますが、習近平自身は、少なくとも上海の感染予防センター職員が武漢に赴いた一二月一六日頃には、コロナウイルスの発生についての報告を受けていたはずです。しかし彼が具体的な指示を出したのは、最初の患者発生が世界に報じられた一二月八日から一か月半を経過した、一月二〇日なのです。初動の遅れは明らかです。

ところが習近平は、感染が急拡大した時点になって、「私は一月七日の時点で新型コロナウイルス肺炎に対する対策を指示していた」と、中国共産党中央委員会が発行の『求是』に発表しました。「私は早期に対応策を指示していたのに、それを守らなかった現地当局が悪い！」と責任を転嫁してしまったのです。

これを受けた武漢市の市長は反論しました。初動対応の遅れと情報公開の稚拙さを糾弾されると、「地方政府には発表の権限が与えられていない」と主張しました。「対応の遅れも情報公開を明確にできなかったのも、明確な指示を与えなかった中央政府の責任だ」と言い放ったのと同じです。

それまで習近平のイエスマンだった武漢市長と、武漢市のある湖北省長が意図的に隠蔽し、中央政府に事実を伝えなかったのは、おそらく習近平の逆鱗に触れるのが怖かったからでしょう。しかしここに至って、自らの身が危ないと感じ、「責任を押しつけられるのはかなわない」と、反旗を翻したというわけです。

一説には、こんなことができたのは、武漢市の市長の背後に「上海閥」と呼ばれる江沢《こうたく》民《みん》元国家主席一族が控えているからだとも噂されています。のちほど詳しく述べますが、習近平主席と上海閥は、お互いに相手を蹴落とそうと、血みどろの争いをしているのは「公然の秘密」です。

習近平は、初動の遅れを武漢市になすりつけ、江沢民一族の汚点として印象づけておきたいのではないでしょうか。中国共産党の権力者は、一度言い出したからには絶対に引き下がりません。「共産党の無謬《むびゅう》性」を誇示し、共産党指導部の信頼を勝ち得なければ、権力は維持できないのです。しかも、中国のような全体主義国家では、中間管理層は身の安全を考え、無言を貫くことが多いのです。

国民の健康や安全はそっちのけで、権力闘争に走る中国共産党指導部の姿は、滑稽を通り越して〝哀れ〟とすら思えます。もちろん、さらに哀れなのは中国国民です。

習近平が率いる中国共産党の新型コロナウイルス対応で明らかになったのは、人民の生命の危険も世界への迷惑にも配慮することなく、党の面子や正当性を繕うために、情報隠蔽や歪曲をして恥じることなく、都合の悪いことは他者に責任を押しつけるという体質です。

これは中華人民共和国建国以来、毛沢東以来の中国の体質です。独裁的体制は一見堅固なようでも、危機には脆いものです。人民の〝反乱〟がもっとも怖いので、情報を隠蔽し事実を歪曲し、なんとか独裁体制の面子を保ち、権力の正統性を守ることに躍起になるのです。いま、習近平体制下でますますその体質が強まり、今回の新型コロナウイルス事案でも中国共産党の独裁体制の欺瞞性と脆弱性が露呈されたのだと思います。

結果的に、習近平は湖北省トップの蔣超良《しょうちょうりょう》・省党委員会書記と、武漢市トップの馬国《ばこく》強《きょう》・市党委員会書記も更迭し、地方に責任を押しつけました。新型コロナウイルス肺炎への対応に国民の不満がくすぶる中で、地方の責任を明確にすることにより、中央政府への批判をかわすのが狙いです。

更迭の理由は「感染対策における湖北省のリーダーシップを考慮」です。初動対応で感染者数の増加を積極的に公表しなかったことや、感染が広がっていた時期に「春節の催し」を開いたことなどが問題視されたといいます。一連の対応への不備が、交代の理由であることを認めたのです。

しかし、前に述べたように、当時の武漢市党委員会には、独自に感染者数公表の権限は与えられていなかったのです。それ以前に、党中央には新型コロナウイルス感染症の発生そのものは伝えられていたことから、真に責任を取るべきなのは、習近平を筆頭とする中国共産党中央なのではないでしょうか。

習近平の面子のために世界に感染が拡大

また、先ほど「WHOは中国の手先」と記しましたが、それを象徴するのが、感染が拡大する最中、WHOのテドロス事務局長が一月二三日の「緊急事態宣言」を見送ったという事実です。

習近平の要請を受けて、テドロス事務局長が、習近平の面子を守るために意向を「忖度《そんたく》」したものだとされていて、同日の朝二時に武漢市と湖北省の封鎖通知が発せられたのですが、習近平の決定によって封鎖実施は同日の一〇時まで、八時間引き延ばされました。それ以前に武漢を離れていた武漢市民は約五〇〇万人で、またその八時間に、感染していた恐れのある数十万人が、閉じ込められることを恐れて中国全土や世界各地に逃げ出しました。その直後から中国国内で感染の爆発的拡大が生じました。この実施延長が、感染をさらに拡大させた可能性が高いのです。

この延期決定は、宣言の前日のＷＨＯの会議で、「中国では深刻な感染拡大は起こっていない。緊急事態宣言を出す必要はない」という口実を与えるための措置であったという説が有力です。しかしこの〝忖度〟が、世界各地での感染拡大をもたらした元凶なのです。習近平は自分の面子のために、世界に感染症を広げてしまったことになります。

ＷＨＯは、その前日までに提出されたデータに基づき、「症状がないにもかかわらずウイルスを保有している例があること」を把握していたはずです。すでにご存知のように、新型コロナウイルスは、感染していても自覚症状のないまま、接触者に感染を広げる、厄介なウイルスであることが、この時点で明らかになっていたのです。感染拡大を阻止しにくい以上、いち早く手を打つべきだったはずです。

ではなぜ、ＷＨＯはこれほどまでに、中国の肩を持つのでしょうか。

三月に習近平はＷＨＯに、突然二〇〇〇万ドル（約二二億円）の寄付をしました。これによって、かねてから〝中国寄り〟の姿勢を持っていたテドロス事務局長は、いっそう中国に都合のよい発言をするようになり、世論誘導の片棒を担ぎました。

テドロス事務局長の出身国エチオピアは、アフリカにおける中国の「一帯一路構想」の優等生と言われています。ちなみに「一帯一路」とは、習近平が提唱した「中国を中心とする広域経済圏構想」です。中国からユーラシア大陸を経由してヨーロッパを結ぶ「シルクロード経済ベルト」（一帯）と、中国沿岸部から南アジア、アラビア半島を経由して海路でアフリカ沿岸を結ぶ「21世紀海上シルクロード」（一路）があり、当該地域のインフラ整備を念頭に、貿易促進や資金の往来を計画するものです。

ＵＮＣＴＡＤ（国連貿易開発会議）が二〇二〇年一月に公表した「世界投資の傾向」では、二〇一九年にエチオピアが海外諸国から直接投資を受けた額は二五億ドル（約二七五〇億円）。その六〇％は中国によるものとされています。中国はエチオピアの鉄道事業などに重点的に投資し、借金漬けにすることで、支配力を強めているのです。

テドロスは事務局長に就任する前はエチオピアの保健大臣、外相で、ＷＨＯから台湾を追放したいという意図を持つ中国の後押しで、事務局長に就任しました。そして中国の意向を受け、台湾のＷＨＯ参加を一貫して拒否しています。台湾は中国の国連加盟に伴い、

WHOテドロス事務局長の「日記」

新型コロナウイルス発生後、テドロス事務局長の発言。
いわゆる「テドロス日記」をツイッター上で発見しました。

1月19日	ヒトからヒトへの感染リスクは少ない
1月22日	緊急事態には当たらない
1月28日	WHOは中国政府が迅速で効果的な措置を取ったことに敬意を表する
1月29日	中国からか外国人を避難させることはすすめない
1月31日	渡航や貿易を不必要に妨げる措置をするべきではない 人の行き来を維持し、国境を開放し続けるべきだ 中国の尽力がなければ中国国外の死者はさらに増えていただろう 中国の対応は感染症対策の新しい基準を作ったともいえる 中国国外の感染者数が少ないことについて、中国に感謝しなければいけない
2月1日	大流行をコントロールする中国の能力に信任を置いている
2月4日	武漢は英雄だ 中国以外の国々は感染者のよりよいデータを提供しろ
2月5日	740億円の資金をWHOに投資しろ
2月8日	致死率は2%程度だから、必要以上に怖がることはない
2月10日	イギリスとフランスはもっと危機感を持て
2月12日	特定の地域を連想させる名前を肺炎の名称とするのはよくない
2月13日	中国のたぐいまれな努力を賞賛する
2月18日	新型ウイルスは致命的ではない
2月24日	パンデミックには至っていない
2月27日	中国の積極果敢な初期対応が感染拡大を防いだ
2月28日	パンデミックの可能性がある すべての国は備えに集中しろ 封じ込められる可能性は狭まっている
3月25日	われわれは最初の機会を無駄にした
3月26日	1か月前か2か月前に対応していなければならなかった
3月27日	すべての国で積極的な行動がなければ、数百万人が死亡する可能性がある
4月3日	マスクを使うべきかの指針に変更を加えるべきかどうかを見極める
4月5日	中国は毎日、科学的なデータを発表、提供している
4月7日	マスクは特効薬ではない。パンデミックを止めることはできない
4月9日	我々は天使ではなく人間。間違うこともある 私に対する中傷はすべて台湾から行われてきた。断固として抗議する

国連やWHOから脱退しました。しかしSRASの世界的に流行の際に、台湾が孤立するのを防ぐためにWHOのオブザーバーとしての参加資格を得ましたが、近年、独立志向の強い民進党政権の発足後、参加資格が取り消されてしまったのです。台湾は「わが国が提供した情報を生かせば、ヒトからヒトへの感染の懸念に早く気づけたはずだった」と主張し、参加資格の回復を求めていますが、テドロス事務局長は黙殺しています。

そのテドロスは、緊急事態宣言を見送った四日後の一月二七日に中国を訪問しましたが、肝心の武漢を視察することなく、北京に習近平を訪問しているのです。

そして習近平が武漢市を訪問した三月一〇日の直後に、ようやく「新型コロナウイルスはパンデミックである」という宣言を出しました。しかし「パンデミック」とは、「一地域を超え、コントロール不能な世界的流行」というのが本来の定義です。すると、新型コロナウイルスがそうであることは、世界各国が中国全土から人の受け入れを拒否し始めた一月末の時点で、すでに明らかだったはずです。

二月一一日にWHOが決めた新型コロナウイルスの正式名称「COVID-19」も、テドロス事務局長は「地域や国名を示唆しない中立的な名称にした」という説明をしており、「武漢」や「中国」という地名を冠することを排除しました。ここでも中国への配慮を見せています。

そしてWHOの専門家まで、「中国が取った都市封鎖の措置は、柔軟で先見性に富んだものである」「自分が新型コロナウイルス肺炎にかかったら中国で治療を受けたい」などと讃えるようになりました。これは法外な〝鼻薬〟の効果に違いないと、私は睨んでいます。

世界は中国を〝要警戒国家〟に指定せよ！

武漢という人口一一〇〇万人の大都市を強引に封鎖できたのは、中国の強権体制があったからです。でも、武漢から感染者が消え、「新型コロナウイルスとの戦いに勝利した」と胸を張られても、世界はそれを心から祝福できるのでしょうか。中国は現在、そう言っています。

ヨーロッパやアメリカのような自由主義社会では、中国のような強権発動は不可能で、効果的な封じ込め措置を取れないまま、感染を拡大させていきました。

実はこれは、とても悩ましい問題だと思います。人権を重んじる欧米型の自由主義社会なのか、秩序と安定を最優先に自由と人権を抑制する中国のような専制政治的価値観か、新型コロナウイルスを契機に、世界が問われることになったのだと思います。

おそらく中国は、これを機会にワクチンや治療薬の開発を急ぎ、「中国当局の専制政治的価値観」を世界に認めさせようと躍起になるでしょう。開発が成功すれば、世界はパンデミックの原因がどこにあったかを忘れ、中国の価値観や体制を見直すかもしれません。その結果、中国が今後の国際社会の枠組み・秩序を作るルールメーカーになってしまうかもしれないのです。

「嘘は大きければ大きいほどよい。繰り返せば誰もが本当だと思う」という言葉があります。荒唐無稽な大嘘でも、一見、信頼できそうな筋を唱えれば、まるで「真実」のようにまかり通ってしまうことは、現代のSNS社会が証明しています。

「新型コロナウイルス戦争は、主要国が次の国際社会のルールメーカーを選ぶための新しい形の世界大戦だ」と唱える人もいます。私も賛成です。世界に「パックス・アメリカーナ（アメリカ主導の平和）」が続くのか、それとも「パックス・チャイニーズ（中国式平和）」が、新たな国際秩序の枠組みになるのか……新型コロナウイルスという災禍は、その秩序をめぐる〝戦争〟なのだと考えておく必要があるはずです。

2

私の体験が物語る
中国共産党の「非道」

善良な一家を襲った過酷な下放生活

なぜ私が、これほど強く中国共産党を批判するのかは、私自身が文化大革命によって、悲惨な体験をしているからです。中国共産党の本質がわかるからです。

それは、私が五歳半のときでした。何の前触れもなく、「お前たちは農村に行け」と、共産党に命じられました。いわゆる「下放」です。

当時、私の両親は、ハルビン市内のごく平凡な教師でした。貧しいけれど中国ではごく一般的な幸せな生活をしていたわが家は、春節間近の冬のある日、突然やって来たハルビン市教育局幹部の人たちから、「農村に行って、再教育を受けろ」と命じられました。一九七〇年一月のことです。

後年になって、「下放されたのは、いわゆる〝反革命分子〟というレッテルを貼られた人たち」と解説されるようになりましたが、当人たちには、どうして自分たちが反革命分子なのか、まったく訳がわからない。知識階級は〝一律〟に再教育を受けさせるというスローガンが打ち立てられていましたが、実際は〝一律〟ではなく、「一部分、上層部の言うことを聞かない」と目された人間だけが下放されたのです。

下放された先はハルビン市の北「蘭西県」というところでした。電気も水道もなく、窓もドアも枠があるだけ。そもそもあの頃、この農村地帯にはガラスそのものがありませんでした。廃屋のような小屋に、凄まじい勢いで「ウォーン」と音を立てて風が吹き込むのです。マイナス三〇度の酷寒の世界に、突然放り出されてしまった、親子五人のサバイバル生活が始まりました。寒くて、寒くて、ありったけの服やふとんを体に巻いて寝ました。いつ凍死してもおかしくないような状態で暮らしていたのです。

私は五人兄弟ですが、一一歳年上の姉は、一足早く一九六九年に「学生下放」されています。当時一六歳、まだ高校卒業前に、ロシアとの国境の「三江平原」という場所に下放され、七六年、二三歳の若さで事故のために命を落としました。列車に轢かれて即死です。

したがって、このとき一緒だった家族は計五人。八歳上の兄と四歳上の二番目の姉、そして私です。六歳下の妹がいますが、彼女は一九七〇年の九月生まれなので、私たちが下放されたときには母のお腹の中でした。

ちなみに、当時の庶民の生活ぶりの一例として、ハルビン時代のわが家について、少しお話ししておきます。

父は一九三一年の生まれで、教師を養成する師範学校の先生。三四年生まれの母は小学校の先生でした。いまと比べると、貧しいけれど、特に不自由もなく暮らしていたのです。贅沢はできないけれど、飢えることもありませんでした。

自宅は小学校の裏庭にある一軒家の半分で、隣半分は、母が教えていた小学校の託児所でした。私はもの静かな子どもでしたが、母親が学校で教えているときに、私は木に登って中をのぞこうとしたら、木から落ちてしまったことがあります。その拍子に歯で舌を噛み切ってしまい、舌が根元から切れてしまいました。血が噴き出し、それを教室の学生が見ていて、母が大慌てで私を病院に連れて行ってくれました。筋が一本、繋がっていただけだったそうです。でも手術どころか、たいした処置もしてくれませんでした。なので、まだ傷跡が残っています。いまでもうまく舌が働かないのは、その後遺症かもしれません。

そんな生活が、たった一言の命令で一転してしまいました。いま思うと、下放先でどうやって一家が生き延びられたのか、不思議な気がします。幸い、体が丈夫にできていたから運よく死ななかっただけ……そう表現するしかない状況だったのです。

当時、土地はすべて国家のもので、毎日必ず大人一人、わが家の場合は父と母のどちらかが必ず駆り出されて、村の共同農場で働くのです。しかし私の父は極度の近視で、苗と草の見分けがつかなかった。農地ではろくに働けません。

そこで、蘭西県のサンザシ工場で働かされるようになりました。果物のサンザシを薬にするのです。サンザシのお菓子は中国名物ですが、あそこまでは加工できないので丸薬にしたのですが、思うように売れず、父はよく家に持ち帰ってきました。食料が乏しいので私たちは喜んで食べましたが、とても消化がよくてお腹の足しにならない。いつもお腹を空かせていた記憶しかありません。

でも、母はとても働き者で、村の農作業のかたわら、家の前の猫の額のような土地にキュウリ、トマトを育てていました。周りの農家からヒヨコや子豚、羊や鶏の子を分けてもらい、小頭数ですが飼っていました。でも一家五人を満足させるまでにはいきません。なんとかカツカツ、生き延びていたというわけです。

下放で蘭西県に送られるときに、恐ろしい体験をしたことがあります。ハルビン教育局が仕立てた農村行きのバスは八台ほどあって、それぞれ多くの家族が乗っていたと思います。私の一家は三台目に乗っていたのですが、途中、道幅が狭く、しかも泥道が凍っていため、前のバスが横転してしまったのです。徹夜の復旧作業の間中、バスの中に取り残されて、とにかく寒くてたまらなかった。「このまま死ぬんじゃないか」という思いをしました。

怪我人や死者がどれくらい出たかは覚えていないのですが、横転したバスの人たちは、多分そのまま病院に運ばれて、結局、下放は先延ばしになったのではないかと思います。

習近平も本質は毛沢東と変わらない

私はまだ幼かったのでよく覚えていないのですが、蘭西に到着したときは真夜中だったように思います。バスを降りたら、あたりが真っ暗だった記憶があります。

住まいとして提供されたのは、何年も人が住んでいないような廃屋です。窓やドアから隙間風が入り込んで、瞬時に体が凍りついてしまいそうです。母がありったけの布を私の体の上に乗せてくれました。それで寒さをしのぐしかないのです。食事のときも、手に服や布を巻いていないと、凍《こご》えて動かすこともできない。私には母が食べ物を口に運んでくれました。

覚えているのは、下放されてすぐの春節に、母が「お正月だから饅頭でも作ろう」と言って、小麦粉を発酵させようとしたのですが、次の朝、カチカチに凍ってしまっていて、とても料理の使いものにならなかったことです。

でも下放を命じられたとき、母が急いで光頭餅《クワントウピン》というお菓子を買い求めていたので、その冬はずっとそれを食べてしのいだのだと思います。五〇キロくらいはあったようです。ろくに火も起こせないので、他にまともな料理はできません。

要するに、ろくな準備もできないまま追いやられてしまったというわけです。布団や鍋・釜など最低限の荷物しか持たず、よく冬が越せたものだと、いまもしみじみ思い起こします。

しかし、放っておいたら翌年の冬が越せないので、春になって家の補修に取り掛かりました。でも材料もないので、ガラスのない窓に何重にも紙を張ったり、泥をこねて壁を作り直したり、最低限の補修がせいぜいでした。

暖を取るためにオンドルも作りました。薪を使って火を燃やし、ベッドのような形に作った台の下を暖かい空気が通るような仕組み。火さえ起こせば、暖かくなります。「これでぐっすり眠れる」と喜んだのを覚えています。

でも、朝になると火が消えていて、我慢できないほど寒い。父と母は鳥の鳴き声で起きて、すぐに火を焚く。それで私は、その煙にむせて起きるというわけです。

学校は遠くて、歩いて一時間ほどかかったような記憶があります。毎日、それを往復していました。もっとも私は小さかったから、すごく遠く感じたのかもしれません。

授業は毛沢東思想の学習が主体です。そのための下放なのですから、当然と言えば当然。クラスメイトはほとんど現地の農家の子どもたちで、ハルビンから一緒のバスで来た人たちにはほとんど会いませんでした。「農民が世の中の中心」という趣旨の再教育を受けるわけですから、都市の〝ブルジョア思想に染まった連中〟を一緒にしておくはずはないのです。

しかし、そういう不自由にさえ耐えていれば、他は比較的自由です。偉い人が見回りに来るのでもなく、そこにいて再教育を甘んじて受け、とりあえず文句を言わなければ、貧しいけれども暮らしていけるという構図です。

ただ、定期的な反省会のようなものは開かれます。「中国人民としての心得」だとか「再教育を受けて自分はどう変わったか」などといった内容を書かされます。もちろんおかしなことは書けません。そして、「あまり再教育の効果が上がっていない」と認められてしまうと、自己批判を要求されることもあったらしいのです。

私はまだ子どもだったので明確には覚えていないのですが、大人たちはいつも「会議だ」と言って集められ、「農村での労働がいかに大切か」などについて書かされたり、『毛沢東語録』をどれだけ勉強したのかなどを追及されていたようです。とはいえ『毛沢東語録』をきちんと唱えられれば、個人の奥底にまでは入り込んでこない。表面的な、つまらないことばかりを重要視する典型的な形式主義。それはいまの習近平政権にも引き継がれていると思えてなりません。

中国共産党の立場からは、大切な理由があるかもしれませんが、われわれ個人の立場として、何の科《とが》でここに暮らさなければならないのか、さっぱりわからない。誰も説明してくれない。少しでも意見を言おうものなら、たちまち「反革命だ」とレッテルを貼られてしまい、「自己批判」を要求される。父も母も、下手に何か言おうものなら、またしっぺ返しがきますから、「迫害、迫害、迫害だよ」とつぶやきながら、じっと耐えるしかなかったのです。

理由もわからないまま、再びハルビンへ

下放から三年経って、一九七三年の夏に、また急に「ハルビンに戻れ」という命令をもらいました。それもある日突然……。学校に行っていた私を、兄が自転車をこいで迎えに来たのです。授業の最中に兄が「出てこい、出てこい」と声をかけるので、「どうしたの?」と出ていったら、「ハルビンに帰れる!」と大喜び。同じ学校に通っていた姉も「早く帰ろう、帰ろう」と、走って家に帰りました。

すると母が戻る準備を始めていて、私が可愛がっていた犬を、鶏や羊、豚と一緒に現地の人にあげてしまったというのです。連れて帰るのは無理だから、それは仕方ありません。

でもその犬を、現地の人がその場で殺して料理してしまったのには、大泣きに泣きました。現地の人たちにしてみれば、犬も、大事な料理の材料なのです。出発は夜中でしたが、送別の席に、愛犬が料理された皿が出されました。見た瞬間に涙があふれてきて、その後がどうなったのかは覚えていません。

ハルビンに戻った後、父がその犬の皮をもらいに行きました。それがずっと、母のベッドに敷かれていました。母もきっと悲しかったのでしょう。

しかし、なぜ急にハルビンに帰れることになったのか、いまだによくわかりません。ごく普通に、幸せに暮らしていた一家が、ある日突然、その生活を追われて、地獄に放り出された。そして今度は、何の理由も告げず、また元に戻っていいという。しかし、それに対する説明は一切ないし、誰が、どういう経緯でそれを命じたのか、庶民にはわからないし、誰もその責任を取ろうとしないのです。

今回の新型コロナウイルス騒動でも、人々の行動の根底にあるのは、同じような中国共産党への不信感です。それは共産党が支配する中国社会に対する不信感と言っても過言ではありません。

日本でしたら、もし肺炎の症状が出ても、病院に行けば適切な治療が受けられるという信用があります。今回は安倍政権の対策が進まず批判されましたが、それでも政府が何らかの手を差し延べてくれるという安心感があります。

しかし中国の場合は、症状を訴えたところで、適切な治療を受けられるとは、誰も信じていません。医療施設に〝連行〟された後、本当に適切な治療を受けられるのか、確証はまったく持てないのです。

事実、中国が公開している臨時病院も、広い室内に何の仕切りもなくベッドが並べられているだけ。医師や看護師が配置されているかどうかもわからない状況です。「野戦病院よりひどい」という声さえ上がっていたほどです。患者を収容しても、施設内でウイルスが蔓延し放題で、軽症の患者も、かえって重症化してしまいます。

「どうせまともな治療は受けられない」と思うからこそ、人々はあれほど〝連行〟に対して、頑強に抵抗するのです。したがって、仮に新型コロナウイルス肺炎の兆候があっても病院には行かない。この「不信の連鎖」が、事態を悪化させた原因の一つなのだと思います。

火事で衣類がすべて燃えてしまった！

ハルビンに戻って、貧しいけれど、また新しい暮らしが始まりました。そのうちに、学生だった兄がまた下放されて、別の農村に行かされました。その後、過労で血を吐いてしまったことで放免されてハルビンに戻り、いまは元気で過ごしています。

しかし「うれしい、これで帰れる」と、喜び勇んで戻ったはいいのですが、住むところもない。仕方なく、ある高校の教室で数年間、暮らしました。

でも、教室なので台所もない。食事も作れない。水道はかなり離れた場所にしかない。トイレはあるにはありますが、校庭の向こう側に行かなければなりません。夜は、真っ暗な校庭を歩くのが怖くて、懸命に我慢したりしました。

母は教職に戻ることができましたが、父は、学校内の積み木工場の建設に充てられました。そして工場建設がほぼ終わったという年の暮れ、母が「お正月料理くらい作りたい」ということで、とりあえず家族だけは、工場の一番端の部屋に移り住むことになりました。

最低限の生活用品だけを持って、夏の服や靴などは前の教室に置いたままにしていたのですが、もとの学校が火事になってしまったのです。

学校の建物はL字型の形をした大きな建物でしたが、反対側の隅に、体育教師の新婚夫婦が住んでいました。そして正月で学校が休校していた時期に、学校が買った九インチのテレビを、自分たちで楽しむために、部屋に運び込んでいたのです。

そこから発火したのか、理由は不明ですが、火元はその部屋です。新婚さんの奥さんは消そうとしたけれど、火勢にはかなわない。突然、「火事だ、火事だ」という叫び声がして、窓が真っ赤に染まっていた。父と兄が消火を手伝いに行きました。

そのときに、置きっぱなしになっているわが家の荷物を運び出せば、その後、それほど困ることはなかったのに、父も兄も火を消すのに夢中で、そこまで気が回らなかった。やがて消防車がやってきたのですが、火を向かい側から消すのが普通なのに、なぜか火を追うように水をかけていったらしいのです。結局、全焼してしまいました。

次の朝に行ったら、わが家の荷物が散乱していて、わずかに焼け残ったものも水浸し。母が「春は、夏は、どう迎えたらいいの……子どもが着るものも、靴もないじゃない」と泣き出してしまったことを、鮮明に覚えています。言葉にできない衝撃でした。中国は寒暖差が激しい土地なので、冬の衣類も、春物、夏物もちゃんと分かれています。そうでないと暮らせないのです。でも、人間が無事だったのですから、「それでよかった」とみんなで慰め合いました。

燃えてしまった物は仕方ないから、新しく買い揃えていきたいのですが、なかなか追いつきません。ベッドが買えず、私は十幾つまでベビーベッドで寝ていました。なので、手足を伸ばして寝た経験がありません。ハルビンなど、中国の北方には体の大きな人が多いのに、私の背が小さいのは、それが原因だと思うほどです。中国では、いい思い出は一つもありません。

結局、しばらくその一部屋に暮らしましたが、私が一四歳になる頃、やっと教育局の新しい職員宿舎に移ることができました。兄がそろそろ結婚する年齢なのに、住宅の抽選には外れてばかり。そこで母が教育局に怒鳴り込んで、やっと二部屋にキッチンという2Kの住宅に入居できたのです。トイレはあるけれどお風呂はない。不自由はないけれど、やはり豊かとは言えない生活です。

「とにかく中国から出ていきたい！」

私が「中国から出ていきたい」と意識し出したのは、あるとき日本からの手紙が届いたことがきっかけでした。横浜に住む伯父《おじ》からのもので、それを頼りにいとこが日本の華僑協会と連絡を取ったところ、伯父が横浜にいるという情報をつかむことができたのです。

そこで一九八七年、二二歳のとき日本大使館にビザを申請し、伯父を頼りに、日本に留学することを望んだのです。当時、外国に留学するためには、その国にちゃんと保証人がいることが条件でした。

念願が叶って日本に来たのですが、見るもの、聴くもの、みな新鮮で、カルチャーショックでした。原始社会からいきなり一九八〇年代の日本社会に飛び込んだというわけで、なにより、物があふれているのにビックリしました。

「なんで……日本の人たちはこんないい生活をしているの！」

「なんとか私も、その仲間入りしたい」と思って、まず日本語学校に通いだしました。でも工場の仕事に明け暮れて、きちんと勉強をする時間がないのです。仕事はパソコンなどのプラスチックカバーの生産。プラスチックのにおいが髪や体にまとわりついて、いくら洗っても落ちないのです。

一日一五時間、夕方五時から翌朝八時まで徹夜の作業。途中で一時間の休憩がありますが、計一五時間働いて、一日九八〇〇円。時給約六五〇円です。外国人ということもあり、日本語も習得中ですから、そういう給与水準になっていました。

日本の人からすれば「一五時間でそれだけ？」と思うかもしれませんが、私にとっては途方もない大金。私の日給が、当時、中国にいる両親合わせての一月の給料よりも高いのですから。

両親の収入は、当時の中国では平均的なものでしたが、日本に向かうときに、日本円で三万円を渡してくれたのです。何年もかかって貯めたお金をはたいてくれたのです。

来日してすぐは「こんな大金、使い切れない！」と思って暮らしていたのですが、最初の給料の十数万円を手にしたときは、それ以上の満足感でした。当時、中国では「万元戸」と言って、日本で言う億万長者が話題になっていたのですが、私の月給はそれに匹敵するくらいの価値があるように思えました。もしかしたら、後に芥川賞をいただいたときよりうれしかったかもしれません。

でも、それだけで生活するのは大変だということは、すぐにわかってきました。日本の物価は何でも高い。生活費もあるし、学費も払わなければなりません。定期代も必要です。苦しかったですね。

しかし昼間は学校に通っているので、夜間しか働けません。出席率が足りないとビザが下りないから必死です。でも徹夜で疲れているから、自然にまぶたが塞がってきます。ですから私は、授業中は寝てばかりいて、ちゃんと勉強していないのです。

工場は小田急線の「東海大学前」という駅から歩いて二〇〜三〇分ほどかかる場所。夜勤が終わってから新宿の学校に向かうので、電車で一時間以上。学校に着いたらもう一〇時を回っていて、出席を取るために通っているようなものでした。

学校は、新宿の歌舞伎町にありました。寝ぼけまなこで歩いていると、「君どこから来たの？」と、何度も警察に止められます。いま考えると、どこかのホテルから出てきたのかと勘違いされたのかもしれない。でも私は工場を出て、すぐに電車に乗るので、着替える暇がなく、いつもジャージ姿なので、それはないかもしれません。でも〝不審者〟だと思われていたんでしょう。

日本語ができないので、学生証を見せて納得してもらう。「ああ、あそこね」とわかってくれて、「ここ危ないから、気をつけてね」と、必ず声をかけてくれました。日本の警察は親切だな、中国とはまったく違うなと、感心したりしていました。

帰りは、必ず座れる電車を何本か待って、寝て帰ります。でも寝過ごしたりして、終点の小田原まで行ったこともしばしばです。そんな生活が、何年か続きました。

どんなにつらくても、中国にいるよりまし！

工場では毎朝、社長の家で朝ごはんを食べていました。いつも焼き魚とお味噌汁。いまでは美味しくいただけますが、ハルビンには魚を食べる習慣がなかったので、最初は抵抗がありました。でも「郷に入れば郷に従え」でしょうか、「美味しいですね」と答えているうちに、だんだんと食べられるようになっていきました。「いやだな」と思っても、「よかった」と思うようにしていれば、必ずその通りになっていきます。私自身の経験から学んだ知恵です。

日本語学校は、最初のコースは二年間です。それまでに単位を取らないとビザが下りず、大学の通学資格が得られない。必死です。でも、あまり勉強していないのに、若い頃は頭がはっきりしていたせいか、来日して一年ほどで、「日本語能力試験一級」が取れたのです。しかもヒアリングは一〇〇点、「我ながらすごい！」と思ってしまった。日本語学校の先生に報告したら、「冗談でしょ！」と信用してくれない。無理もないですね、授業中、必ず寝ていた人間が一〇〇点なんて……。でも通知書を見せたら、「おお、本当に一〇〇点だ」って、一緒に喜んでくれました。それがいまでも私の誇りになっています。

正直、日本語は難しかったです。でも楽しかった。日本語をどうやって覚えたかは、いまでもよくわかりません。でも日常的に勉強していたのでしょう。工場ではいつもラジオがかかっていて、アナウンサーの男性も女性も、とても楽しそうにおしゃべりしていたのです。

それに、日本語というのはとてもリズムに富んだ言葉で、軽くて明るい。楽器にたとえるなら木琴のような響きがします。とても耳に心地よい響きだと思ったのです。ラジオを聴くたびに、「なんでそんなに楽しそうなの？」と、その言葉の続きを聞きたくてしょうがなかったですね。

その甲斐もあって、それからなんとか、お茶の水女子大学に入学できました。「猛勉強したんでしょう？」と聞かれますが、自分ではそれほど意識したことはありません。でも、時間があれば勉強していた記憶があるので、もしかしたら、私は案外、努力家なのかもしれませんね。

いまから考えると、職場や学校での「いじめ」があったかもしれませんが、私はあまり気にしない人間ですから、気づかなかったのかもしれません。なにより、中国での小さい頃のつらい暮らしを思えば、多少のことは気になりません。多分、笑われたりしたこともあるはずです。でも、図太い神経の持ち主なのですね、私は。

中国で繰り広げられる「洗脳」と「分断」

最近、日本という国について、「温かい社会」なのか「冷たい社会」なのかという論議がされています。確かに、日本でも格差が広がって〝生きにくい〟社会になっていることはわかりますが、それでも、私のように地獄から脱出してきた人間からしたら、天国のように温かい社会だと思います。

日本の場合、自民党政権がたとえ強権を握っても、中国共産党のような悪逆非道な真似はしないはずです。日本国民もいろいろな意見はあるものの、基本的に国家や政府のあり方を信用しています。

中国はそうではありません。「中国共産党なら、どんなことでもやりかねない」と、みんなが思っています。そうした懸念が現実になったのが、今回の新型コロナウイルス騒動だと思います。

中国では、一つの王朝が滅んで次の王朝が始まるとき、必ず前の王朝を徹底的に否定するところから始まります。新たな王朝の正当性を強調し、新たな王朝や皇帝とかを称えるために、嘘の歴史を作り、前の王朝が築いた文化や歴史を破壊してしまうのです。秦の始皇帝が命じた「焚書坑儒《ふんしょこうじゅ》」は有名です。「正史は時の王朝に都合よく書かれた歴史」という言葉もあるほどです。

形あるものを壊すのは簡単ですが、常識や価値観、思想などは、そう簡単にいきません。そこで「洗脳」という手段を取ります。庶民は自分の考え方を持ってはいけない、知識人は王朝、いまで言う政権に忠実な思想を広めなければいけないという考え方は、いまでも根強く残っています。

そうした「洗脳」が、本来は助け合うべき人間同士を分断し、相互不信を煽ってきたのは、中国の長い歴史が物語っています。中国共産党も、習近平政権も、それを踏襲しています。

本来、一致団結して立ち向かわなければならないはずの新型コロナウイルスに対しても、当局の隠された意図を汲み取ろうともせず、「弱いものいじめ」に走るのです。封鎖される前の武漢市だけでなく、湖北省全体、浙江省、広州など、患者が多いとされる地域から戻ってきた住民の家を、近隣の住民が封鎖する動画も公開されています。これほど現代の中国は、相互不信感が高まってしまっているのです。

「隣の家には感染患者がいるようです。早く連れていってください」と報告があれば、当局は強制的に対応するでしょう。そこで抵抗する人を見て助けようとしようものなら、「反革命的な態度だ」として、今度は自分が標的にされかねない。文化大革命で示されたのと同じ「洗脳」と「分断」の構図が、いま中国全土で展開されているのです。

これが政府当局の「隠された意図」だと言って過言ではありません。相互不信を助長するのは、もし、現在の共産党体制に対する不満が爆発し、人々が団結すると、体制そのものが揺らいでしまうからだというのは考えすぎでしょうか。しかし、人々を分断しておくことが、共産党政権にとっては都合がよいことには間違いありません。新型コロナウイルスがその役割の一端を担ったことは、疑う余地もないのです。

中国人に残された「信仰」はお金だけ

新型コロナウイルス騒ぎで、日本を訪れる中国人の姿が消え、「爆買い」がなくなって、日本経済が深刻なダメージを受けています。

中国人の爆買いは、実は彼らの「貧困と飢餓」というＤＮＡがもたらしたものと、私は考えています。長い歴史の中で、権力に虐げられてきた民衆が〝にわか成金〟になっていきました。せっかく手にしたお金を失いたくない、財産として残しておきたい、あるいはいまのうちに欲しいものを買っておこう……そうした意識が爆買いに繋がっているのでしょう。「私はお金があるよ」という自己顕示欲なのかもしれません。

最近、一番考えさせられた言葉があります。それは「中国にはお金持ちはいるかもしれないけれど、紳士がいない、貴族がいない」というもの。その通りです。私自身も、中国人のあまりの変貌ぶりにびっくりしています。「なぜこの人たちは、お金の力を笠に着て威張っているのだろう？」と、同じ民族として情けなくなるほどです。

猫も杓子も、「お金さえあればすべて解決する」と考えています。中国に帰って昔の同級生たちと集まったときにショックだったのは、いかに商売で成功したかの自慢話ばかり。友人に向かって「御馳走するから何でも頼んでね」などと、上から目線でものを言う。そのときに感じたのは、「いまの中国人には、お金しか残らないという貧しさしかない」という悲しさでした。

それは、共産党〝王朝〟になって七〇年、政権の意図によって、確実に、伝統、宗教、親族血縁の有り難みが破壊されてしまったからです。「腐敗した王朝は同じことを繰り返す」の典型です。

「お金しか持てない貧しさ」と言いましょうか、お金以外、信用できるものがないのです。信仰や善意、あるいは友情、そうしたものが持てない貧しさ。だからお金にしかすがれない……。

昔から「中国人は地縁、血縁を大事にする」と言われてきました。確かにその通りだったのですが、それを見事に破壊したのが中国共産党です。文化大革命時代、自分の親であっても「反革命」として告発しろと奨励し、人間関係、親子関係を分断したのです。親子でも夫婦の間でも、「毛沢東への批判は反革命」と糾弾する。実の親子、実の夫婦の間にすら、信頼関係が生まれない。いくらお金があっても、こんな社会がいいはずがありません。私は「中国共産党が犯した大罪の一つは、人間と人間の信頼関係、絆をぶち壊したこと」だと考えているほどです。

そしてそもそも、「地縁、血縁を大事にする」と言っても、現代中国人には「お金が介在しなければ」という条件がつきます。お金が関係しなければ、とても友好的ですし、仲がいい。でも一度お金が絡むと、それはシビアです。すぐ反目し、すぐに壊れます。人間関係は、金銭以下でしかない。お金がすべてです。

しかも、現代の一人っ子政策の弊害もあります。兄弟がいなければ、兄弟愛も育つはずはありません。こうして中国では、個人がますます孤立していくのです。

3

五六の民族に五六の不幸

「再教育施設」という名の強制収容所

私は中国東北部のハルビン生まれです。母方は満民族の血が入っているので、私も「少数民族」と言えないこともないですが、でも戸籍の民事欄には「漢族」と書いてあります。

でもいまは、満民族は文化も生活習慣も、ほとんど漢民族と変わりません。清朝は一七～一八世紀に君臨した第四代康熙帝《こうきてい》以降、漢民族と同化政策を推し進めてきました。でも「同化」というのは誤解を生む言葉で、その後、共産党政権になってから、表面的には「少数民族優遇政策」を謳いましたが、実際は迫害を繰り返してきたのです。したがって、いまや純粋の満州語を話せる人は、そう多くないのではないでしょうか。

いま中国政府が強権的に推し進めているのが、新疆《しんきょう》ウイグル自治区とチベット自治区に対する、同じような〝迫害〟です。

ハルビンの周囲には朝鮮族が多く、こうした少数民族に対しては、優遇政策があります。例えば漢民族には一人っ子政策を徹底させても、少数民族なら二人目が許されるといった具合です。大学に進学する場合も、点数を上乗せして合格しやすくするような優遇措置などもあります。

しかし、ウイグル族、チベット族に対しては正反対。徹底的な弾圧を行っています。特に新疆ウイグル自治区は面積も広大ですし、石油や鉄などの天然資源が豊富な土地です。中国政府としては、それを獲得し、自治区全体を漢民族の支配で固めたいのです。

その反動として起こったのが、二〇〇九年の「ウルムチ騒乱」です。新疆ウイグル自治区の首都ウルムチで、ウイグル人の大規模デモが、中国政府によって暴力的に鎮圧されました。広東省の工場で働いていたウイグル人が中国人に襲撃されて多数が殺傷されたのに、治安当局が刑事処分を曖昧にしたことが発端です。公式には死者一九二人、負傷者一七二一人とされていますが、これとは別に、ウイグル人一四三五人が拘束されたと言われます。騒乱の責任で死刑判決を受けたのは九人ですが、何百人ものウイグル人が極秘裏に処刑されたと、国際人権団体のアムネスティ・インターナショナルは報告しています。

中国共産党は、結成当初は、極めて開明的な民族政策を打ち出していました。「モンゴルとチベット、そして新疆では各民族の自治で運営する」と宣言し、「民族自決」の思想に基づく高度な分離・独立の権利を保障していたのです。

そして共産党が江西省に「中華ソビエト共和国」を樹立した一九三一年には、憲法大綱で「中国から離脱して独立した国家を樹立する権利を与える」とまで踏み込んでいます。共産党は、こうした周辺自治国家が望むなら、彼らとの「連邦制」を目標としていたようなのです。

その後、共産党軍は第一次国共内戦で蔣介石率いる国民党軍に敗れ、一万二五〇〇キロを徒歩で移動するという、いわゆる「長征」を経て陝西省延安に移動し、ここを拠点としてからも、指導者の毛沢東は、「チベットの独立支援」「モンゴル独立支援」を掲げていました。そこで、中国国内の内モンゴルにいるモンゴル人たちは、強力に毛沢東を後押ししたほどでした。

しかし一九四九年、中華人民共和国が建国されましたが、そこでは〝民主国家による連邦〟という理念は形骸化していました。確かに「自治区」や「自治州」は設けられたものの、地域の実権を掌握する共産党書記や幹部は、ほとんどが漢民族。自治区の少数民族は、北京中央の意図を受けた現地トップの意思に振り回されることになりました。

つまり「人民共和国」というのは、中国全人民に対する共産党独裁であり、「自治」を約束した諸民族に対しては、漢民族の独裁に他ならなかったというわけです。

まるで以前の〝約束〟などなかったかのように手のひらを返した共産党。それればかりか、毛沢東は「砂を混ぜる」と称して、漢民族の辺境への移住を促進しました。その結果、中華人民共和国建国直後、新疆に約二八万人しかいなかった漢民族が、いまや約一〇〇〇万人と言われています。

そして、民族対立が深まる中、中国当局は自治区内にウイグル族などイスラム教少数民族の再教育施設を設置し、統制を強化しています。アムネスティ・インターナショナルの調べでは、施設は二〇一七年初めに建設が始まり、一〇〇万人以上が収容されているということです。

これが海外から強い批判を浴び、中国政府は当初、施設の存在を「まったくの嘘」と完全に否定していましたが、翌年、中国外務省は姿勢を一転させ、その存在を認めました。施設は「職業技能教育訓練センター」という名称で、「中国語や法律、職業教育、思想教育を通じて、心理と行動を矯正し、社会や家庭への復帰を促す」のが目的と説明しています。

中国政府の狙いは「民族浄化」

中国当局は当初、「イスラムの過激思想を持つ者が対象」とし、「イスラムのテロと戦い、過激主義を防ぐ措置を取ることは、新疆地区全体の安定に役立つ」と説明していました。

しかし現在、収容所は自治区全体に広がっていて、収監はウイグル人やカザフ人などの宗教指導者、地域社会のリーダーとして活動してきた文化人や知識人などにも及んでいます。

中国には「鶏を裂くに牛刀をもってする」という諺がありますが、過激派のテロを防ぐために一〇〇万人以上を強制収容するのは、まさしくこれに当たり、ウイグル人のアイデンティティを根絶しようとする暴挙だと思います。

二〇一七年、新疆ウイグル自治区の人民代表大会常務委員会では、「過激化除去条例」を可決し、施行しました。要するに「過激主義を事前に食い止める条例」で、字面だけを見れば「なるほど」と思えますが、その中に「過激思想の影響を受ける」として〝禁止事項〟が列挙されています。

その中で「男性が非正常なひげをたくわえること」、「女性が公共の場で全身を覆うニカブや頭を隠すヒジャブを着用すること」などが禁止されているのです。イスラム教徒であるウイグル族にとって、男性がひげをたくわえるのは一人前の証拠ですし、女性が顔と手以外を隠すのはコーランの教えに基づく「女性のたしなみ」です。

つまりこれは、イスラム教徒から宗教的要素を除去して中国に同化させ、中国共産党に忠誠を示すように洗脳することが最終目的なのです。そしてこの条例が施行された途端に開始されたのが、「再教育」のための強制収容所にウイグル族を主体とするイスラム教徒を送り込むことでした。

非正常なひげを伸ばしているとされた男性、ヒジャブで頭を隠していると認定された女性、過激な発言をした者、子どもに中国政府の教育を受けさせない者などは、次々と強制収容所へ送り込まれ「再教育」という名の洗脳を受けさせられるのです。

理由もなく逮捕され、収容所送りに

ウイグル問題に詳しい明治大学の水谷尚子准教授は『週刊金曜日』（二〇一八年一二月一四日号）で、こう記しています。

「例えばいま、在日ウイグル人に話を聞くと、必ず身内の誰かが拘束されている。そのくらい大規模に、強制収容所は展開しているのだ。さらに最近では、収容所近辺に火葬場が複数造られ、ネット上では『屈強な漢人火葬場職員』を募集していたことも確認されている」

そしてこの記事では、強制収容所から〝奇跡の生還〟を果たした人の証言も寄せられています。少し長くなりますが、趣旨を引用させていただきます。

それによれば、カザフスタン国籍を持つ当人が仕事のために新疆を訪れ、その後、両親の住むトルファンに行ったところ、突然、実家に現れた武装警官五人に、何の説明もなしに手足を縛られ、拘束されたそうです。それから釈放されるまでの八か月間、「再教育センター」での収容生活を語っています。

それによると、黒い頭巾を被せられたまま連行され、最初に連れていかれたところで血液検査と臓器検査を含む身体検査が行われたそうです。

中国ではかねてから「囚人の臓器売買」の噂が絶えず、「新疆はその大きな供給源」という説もあります。この人も「私の臓器が……」と、不安に駆られたそうですが、幸い、それはされずにすみました。

そして、その後の四日間は拷問具に座らされ、両手両足を鎖で繋がれたまま、尋問を受けたといいます。拷問も伴ったようです。尋問の趣旨は、

①新疆独立運動を図ったことはないか。

②テロ行為に加担したことはないか。

③テロリストを擁護したことはないか。

というものだそうです。否定し続けると別室に連行され、全身を警棒で殴られる拷問が、何日も続き、拷問に耐えられず罪を認めてしまうと、おそらく死刑を言い渡されてしまうのでしょう。

収容所の一日は、深夜三時起床で、四時半から六時まで「革命歌」の練習、その後七時まで中国国旗の掲揚、そして七時半から蒸しパンに野菜スープかお粥の朝食。八時からお

昼まで洗脳教育。昼食をとって午後も政治教育……。凄まじいのは、夕食の後の自己批判、もしくは他者批判です。

「私はウイグル人、イスラム教徒に生まれて悪かった。私はウイグル人でもカザフ人でもイスラム教徒でもなく〝党の人〟であるべきだった。自分たちは党があってこその存在です」

と、自己批判させられたそうです。これを読んで私は、子ども時代に「下放」させられたときの恐怖が蘇ってきました。そして寝るのは深夜〇時半頃とのこと。三時起床なのですから、ゆっくり寝ている間がありません。おそらく共産党は、朝から晩まで拘束の中に身を置かせることによって、個人の思考の自由を奪い、ロボットのように従順な人間を作り出そうとしているのでしょう。

拷問によって命を落とす人も後を絶たないそうです。冬場、裸足で氷の上に立たせ、身体に水を浴びせ続ける拷問を課し、それでも反抗的な態度が収まらないときは、天井から両手を吊るされて、徐々に汚水の池に首まで浸からせる拷問によって、命を落としていくところを、その人は目撃したそうです。

この人がいた部屋は、食事、学習、睡眠、排泄のすべてがそこで行われ、光の差し込む小さな窓が一つあるだけ。部屋は一二平方メートルだそうですので、四畳半よりももっと狭い。そんな部屋に何人も詰め込まれていたというのです。空気は汚く、凄まじい悪臭が漂っていたそうです。

狭い部屋に何人もが暮らしているので、全員が一斉に横になれない。交代制で代わる代わる寝ていたといいますが、おそらく膝を抱いて寝るのがせいぜいなのではないでしょうか。

食事前には全員が一斉に立ったまま、「国家に感謝、習近平主席に感謝、共産党に感謝」と唱えてからでないと、食事にありつけないということも記述され、しかも、豚肉がタブーのイスラム教徒に、強制的に豚肉を食べさせるそうです。職員たちは「豚肉は美味しいだろう」とせせら笑ったそうですが、食事に豚肉が入っているのがわかっていても、食べざるを得ない。食べなければ、死に至るほどの拷問が加えられるし、食事をとらなければ餓死する道が待っているだけだからです。

また、体調を崩しても、医療処置は一切ない。それどころか、わけのわからない薬を無理やり服用させられることもあるそうです。おそらく「薬物実験」なのでしょう。薬のせいでひどい下痢をしたり、意識を失っても、そのまま捨て置かれるそうです。

「臓器提供」の的にされたウイグル人たち

これは少し前の記事ですが、その後、こうした惨状はますます進んでいると考えてもよいでしょう。収容所施設は、共産党が言うように、決して「職業訓練施設」ではありません。中国共産党は、「民族浄化」を達成するためには手段を選ばないでしょう。とてつもない恐怖を感じます。

収容所に入れられなくても、社会の中での締め付けが、ますます厳しくなっているという話も聞こえてきます。ウイグル人は、実質的に自治区の外に出るのを禁じられています。街のいたるところに顔認証カメラが設置され、多くの場所に立ち入りが禁止されています。違反しようものなら、即、強制収容所送りです。

また、平和に暮らしているウイグル人家族の夫を強制収容所に送って、残った奥さんを漢族の男と強制再婚させるという例も、多数耳にしました。

中国政府は「一帯一路」政策を進めていますが、それを実現するには、中国と中央アジアの間にまたがる新疆ウイグル自治区のウイグル族が邪魔だと考えていて、ウイグル族を

〝抹殺〟して、「漢族の国家」にしたいという思惑があるのだと思います。

また「臓器移植」も問題です。収容所に収監した後、個人の身体の生体情報などを調べて記録し、必要であれば連れ出して生命を抹殺し、臓器を摘出すると言います。

先ほどの記事でも、「同じ部屋の人が毎週何人か呼び出され、そのまま帰ってこなかった」と記されています。いなくなった人がどうなったか、誰にもわからないそうです。

中国では、臓器移植が産業として成立していて、中国国内の高官たちに移植されているだけでなく、海外の要人にも提供されていると言われています。

一説には、前の国家主席だった江沢民が、九四歳にして元気でいるのは、心臓、腎臓を何度も移植したからだという説もあります。江沢民の長男、江綿恒《こうめんこう》も腎臓移植手術を受けています。また、後で詳しく紹介する副主席の王岐山《おうきざん》も、そうらしいのです。

臓器移植に関しては、供給源は新疆のウイグル人だという説が強いのですが、宗教集団として当局から活動を禁止された「法輪功」のメンバーも、強制的に隔離されて供出させられているという話もあります。

いずれも確証のある話ではありませんが、「そうあってもおかしくない」と思えるほど、中国社会は〝闇の中〟にあります。

ちなみに、インターネット上に中国の刑務所関係者からの「臓器価格表」が流出しています（一〇五ページ表参照）。

話を戻しますが、国際社会は、この強制収容所を含めた人権侵害を取り上げ、批判を繰り返しています。アメリカでは昨年の一二月、「ウイグル人権政策法案」が採択されました。国務省に専門のポストを新設して、中国の人権侵害を調査するように求めたものです。ＥＵも同様の懸念を表明しています。しかし中国政府はこれを認めないばかりか、「内政干渉だ」と、アメリカとＥＵを激しく非難しています。

こうした弾圧は、明らかに「人道に対する罪」で、決して国際社会の理解を得られないでしょう。イスラム諸国からは「イスラム弾圧」と思われる危険もあります。その結果、テロ撲滅どころか、新たなテロを誘発する可能性もあります。

百歩譲って、中国の言い分が正しいのだとしたら、新疆の現状をオープンにして、例えば赤十字とか、国際的調査視察団の現地視察を受け入れるべきです。人権問題に関してこれだけの国際的な問題を、「自国内のことだから」という理屈で隠し通すことは、国際的に認められないことなのです。

中国の刑務所関係者から流出した「売買臓器」の価格表

部位	米ドル	人民元
両眼	1,525	約9,600
頭皮	607	約3,800
頭蓋、骨、歯	1,200	約7,600
肩	500	約3,200
冠動脈	1,525	約9,600
心臓	11万9,000	約75万
肝臓	15万7,000	約99万
手と腕	385	約2,400
血液（約0.5ℓ）	337	約2,100
脾臓	508	約3,200
胃	508	約3,200
小腸	2,519	約1万6,000
腎臓	26万2,000	約165万
胆嚢	1,219	約7,700
皮膚（1㎠）	10	約63

香港は第二のウイグルになる!

現在、新型コロナ騒ぎのどさくさに紛れて、香港の「時代革命」に対する弾圧は、ますますエスカレートしています。新型コロナウイルス発生後も、香港でのデモはずっと続いていて、相変わらず警察との衝突が絶えません。

香港政府が提出した「逃亡犯条例改正案」を契機に、激しい抗議活動が展開されたことは記憶に新しいと思いますが、問題は一向に解決されていません。香港政府は当面、この条例を撤回しましたが、中国政府が根本的に断念したわけではなく、火種は相変わらず、くすぶったままです。

改めて説明する必要もないでしょうが、この改正案が認められれば、香港が犯罪者引き渡し協定を締結していない中国本土への容疑者引き渡しが可能になります。香港返還に当たって、中国が認めた「一国二制度」の中には「高度な自治」と「司法の独立」も含まれています。改正案が通ったら、香港もウイグルと似た状況にならないとは限りません。

実は改正案が打ち出される前から、中国当局による違法な〝越境捜査〟は何度もありました。例えば二〇一五年一〇月以降、反体制的な書籍を多く出版販売すると言われる書店の店主・林栄基や筆頭株主・桂民海ら五人が相次いで行方不明になり、中国当局に拘束されていたことが判明した「銅鑼湾《どらわん》書店事件」があります。

林はどうにか解放されて二〇二〇年四月、台北市に移って営業を再開しました。壁には香港時代革命の「光復香港、時代革命（香港を取り戻せ、革命の時代だ）」のスローガンが飾られています。台湾に移住した林は、台北での営業再開を準備していた同年四月以降、弁護士から「店名変更」の書簡が届いたほか、自身も暴漢にペンキをかけられるなど、露骨な妨害を受けたそうです。中国共産党が関与した疑いがあるとして、台湾警察が捜査しています。

また二〇一七年一月、カナダ国籍と香港居住権を持つ中国の大富豪・肖建華《しょうけんか》が失踪し、中国に連行されていた「資産家失踪事件」は、日本でも報道されました。彼は香港の実業家で、中国を舞台に不動産取引を繰り広げましたが、習近平政権下で大きな損害を被ったと言われています。

これらは、返還に伴って急速に進む香港の「中国化」で、香港の自由な司法制度が蝕まれていることの端的な表れです。

中国本土の作家たちの合言葉は「幸い、私たちには香港がある」です。思想の自由も言論の自由もない中国で、必死になって〝死に体の文学〟を書かないように闘う本土の作家たちにとって、香港の自由は「希望」です。いつかこの空気が本土に吹き込むことを願っていたし、香港人もそれを必死になって守ろうとしていたのです。

いまから六年前、行政長官選挙で「親中派」しか立候補できない制度の導入を中国当局が決めたとき、それに反発して大規模な市民デモ「雨傘革命」が起きたことは記憶に新しいと思います。当時は「和平占中」をスローガンに、平和的に香港中心部の金融街セントラル（中環）を占拠しました。

今回の「時代革命」でも、「和理非」（平和、理性、非暴力）の精神は受け継がれていました。二〇〇万人近い巨大デモなのに大きなトラブルはなく、解散後、デモに参加した人たちがゴミを拾って帰る場面が話題になったほどです。

にもかかわらず、当局は彼らに「香港独立派」のレッテルを貼り、「暴徒」扱いし、デモ隊の人の群れに催涙ガスやゴム弾を発射したのです。それが当たって片目を失う負傷者が多数出ました。それればかりか、不自然な自殺者が、海に浮かぶ遺体が増え、デモ隊の空気は過激になっていきました。その様をテレビで見て、私はとても気が沈みました。涙があふれてうつ状態の一歩手前まで行きました。

そして、公共の場でも、警察による検問や執拗な身体チェックが行われるようになり、市民は武装した警官を相手に自衛するしかなくなったのです。「武勇派」（過激派）が出現するのは当然です。

しかも、マスクをつけてデモに参加すると罰則を適用するという香港政庁の態度に、市民はますます態度を硬化させていきます。いたるところ監視カメラだらけの中国で、素顔を晒《さら》すことは、「どうぞ、罰してください」と言っているのも同然だからです。

「時代革命」は、中国当局が言う「香港独立」とは、何の関係もありませんでした。要求は、

①逃亡犯条例改正案の完全撤回
②警察の暴力を調査し、追及する独立調査委員会の設置
③デモを「暴動」とした定義の撤回
④逮捕されたデモ参加者の釈放
⑤普通選挙の実現

という、ごく真っ当な要求ばかりです。しかし「反抗する者は容赦しない」とばかり

に、武器をちらつかせて脅すのは、恐怖政治以外の何物でもありません。ウイグルの民族浄化に勝るとも劣らない、中国政府の「傲慢ぶり」が実によく表れています。行き着く先は、ヒトラーのナチスのような道なのではないでしょうか。

反逆行為などを禁じる「国家安全法制」制定の動き

新型コロナウイルスが流行して、人々が人混みを避けるようになり、香港のデモも沈静化するだろうと当局は狙っていましたが、香港の若者は決して屈せず、闘い続けています。香港政府トップの行政長官と中国政府が、数年にわたって怒りの火に油を注いできた問題は、簡単に解決するようなものではなく、ウイルスの流行が衰えを見せたら、香港はすぐにでも政情不安に陥るでしょう。根本的な要求が満たされていないからです。

新型コロナウイルスへの対応でも、香港政庁の対応は後手に回っています。中国本土との境界を封鎖しなかったことには、親中派の人たちからも批判の声が相次ぎました。二〇〇三年のSARSの流行を経験していたのに、十分な数のマスクを香港政庁が備蓄できていなかったことにも、批判の声が強まりました。新型コロナウイルス発生後、中国本土との境界の封鎖を要求したデモが起きましたが、境界の封鎖を求める抗議活動は民主主義の問題と関連しているという指摘もあります。

香港の人たちは、相変わらず、行政長官が現実を直視しようとせず、住民の声に耳を傾けようとしないと考えています。それを裏付けるように、中国政府の香港政策を担当する「香港マカオ事務弁公室」には、対香港強硬派が配置されました。うち一人は、中国本土におけるキリスト教取り締まりの急先鋒として知られています。

その一方で、五月に開かれた中国の「全人代」で、〝香港で国家分裂や政権転覆などの活動を禁ずる〟「国家安全法制」が制定されました。抗議デモで高まる〝反体制的な動き〟を封じるのが狙いで、法律では、「国家安全の維持を担う中国の政府機関が、必要に応じて香港に機関を設置する」としています。

中国政府は長年、香港政府に治安関連法である「国家安全条例」の制定を指示してきました。しかしこれは、二〇〇三年に五〇万人以上の市民の反対で制定断念に追い込まれました。ですが、二〇一九年以降の大規模なデモをきっかけに「独立気運」が一気に高まったのを受け、中国側は法整備を自ら主導することにしたのです。

今回の法制は今後、香港の議会を経ずに施行する〝異例の措置〟が取られ、「高度な自治」を保障した「一国二制度」は完全に形骸化し、言論の自由や人権は風前のともしびとなります。

香港に中央政府直轄の治安機関が設置されると、当然、中国の情報担当者が常駐するはずです。すると中国本土のように「容疑者の拷問」は日常化し、「反中国的」と見なされた行動に厳罰が加えられる可能性が高いのです。従来、香港で毎年六月四日に開かれてきた天安門事件の追悼集会なども不可能になるでしょう。

香港と同様、「一国二制度」を適用されるマカオは、すでに二〇〇九年に条例を制定し、民主化運動はないに等しい状態です。

追い詰められる「時代革命」

つまり前回の雨傘革命から、香港の問題は一向に解決されず、さらにエスカレートしているわけです。民主もなければ法治もない。香港からどんどん自由がなくなっていく。

香港の時代革命を担うのは、若者が多いのです。大人たちは中国共産党の強権の下で恐怖心が強くなり、徐々に奴隷化されていく。しかし若者は、共産党に対する恐怖心よりも、自由や民主の精神が欲しい。「以前の香港のように、もっと自由であってほしい」という願いが、若者たちの反抗の原点になっています。

しかも、いまはネット社会。中国本土は遮断されても、香港なら世界の情報が入手できます。また、香港の若者は欧米式の教育を受けていますし、香港の若者はカトリックやプロテスタントなどのクリスチャンが多い。その教育も、自由へと向かわせる原動力です。

私が思うに、香港人と中国人の受けた教育は根本的に異なっていて、香港には欧米文化の影響が根づいています。人口約七五〇万人の香港で、約二〇〇万人の抗議行動と言いますから、四人に一人以上が参加している。明確な意思表示をしているわけです。

しかし当局はそれを無視し、大陸の警察を大量に送り込み、香港の広東語もしゃべれないような彼らに香港警察の制服を着せて、市民を理由もなく逮捕したり、暴行を加えたりする。やり方が過激です。

実は抗議行動が本格的になった二〇一九年六月九日から年末まで、統計に残っているだけで、不自然な死を遂げたと郭文貴（後出）が暴露し、「自殺した」と言われた遺体は傷だらけだったり、明らかに殴られた傷があったり、溺水の形跡があったりして、自殺ではないということが明らかです。当局による殺人です。

香港の若者は、みなマスクをして参加していますが、「いざ警察に捕まったときは必ずマスクを取って、大声で自分の名を告げ、『私は絶対に自殺しないから』と周りの人たちに言い聞かせます」。そういう場面がたくさん流れています。

この四月一八日には「民主派」の主要メンバー一五人が逮捕されました。無許可で〝違法な〟デモを主導したという容疑です。同日中に釈放されましたが、当局は全員を起訴する構えです。この九月に予定される立法会（議会）選挙では民主派の優勢が予想され、それを見据えての摘発であることは間違いありません。

こうしたことを含め、香港が今後どうなるのか、予断を許しません。しかし香港ばかりか、この地球から中国共産党を追い出し、中国の現体制を根本から変えないと、世界中がよくなることは、決してあり得ません。

香港は共産党幹部の「マネーロンダリング」の場

香港では根本的な問題は一切解決されていないと述べましたが、いまはそれ以上にひどいことが起こっています。共産党幹部は、香港を利用してマネーロンダリングをするだけでなく、ダミー会社を使って香港の土地を買い占めています。また、大陸からの人々を香港に送り込んでいる。いろいろな手法を使って、香港独自の文化も脅かそうとしている。イギリス時代から続いてきたイギリス式の法律、「法治主義」も風前のともしびです。

まるでマフィアか、と思うような、中国の警察が起こす事件も頻発しています。いとも簡単に人を拉致する。香港だけではなく、タイに逃げても、シンガポールに逃げても連れて帰ってきます。中国警察がやろうと思えば、その国の法律などまったく無視、何でもできてしまうのです。

いつかニュースでもやっていましたが、新型コロナウイルスが蔓延する前は、イタリアのローマのど真ん中の治安維持は、中国の警察が当たっていたそうです。観光客が増えて、イタリアの警察は対応できない。そこで中国から警察を送り込んで、ローマの繁華街で治安維持に当たる。これは大きなニュースになりました。イタリアで新型コロナウイルスが蔓延したのは、こんなふうに中国と接近していたことと無関係ではないでしょう。

中国は、最初は「援助」という名目で図々しく入り込み、その後、肝心なところに根を張ってしまうのかもしれません。その後がどうなるのか、いまはわかりませんが、中国の制服警官が堂々と治安維持に当たっているイタリアの姿には驚かされます。

「チベット騒乱」の火種はくすぶったまま

先ほど、中国共産党は新疆ウイグル自治区を奪うために「ウイグル人へのジェノサイドを目論んでいるに違いない」と書きました。実はウイグルほど目立ちませんが、同じ自治区であるチベットでも、同じような騒乱の火種があります。

そもそも、中国共産党が国共内戦で中華民国に勝利する前、チベットは大半がチベット政府の管轄下にありました。共産党は中華人民共和国建国後、チベットに隣接する青海省、甘粛省などを足がかりに、チベットに侵攻しました。旗印は「西藏《チベット》和平解放」です。まずはダライ・ラマ政権が実効支配していた地域を占領し、そして一九五一年、首都のラサに進駐し、チベット全土を制圧したのです。

中国政府はすかさずパンチェン・ラマ一〇世を擁立し、〝傀儡《かいらい》〟に仕立て上げました。パンチェン・ラマとは、ダライ・ラマに次ぐ存在で、阿弥陀仏の化身とされています。しかしパンチェン・ラマ一〇世は必ずしも中国政府の言いなりにならず、彼は独房に監禁されてしまいました。そして心臓発作で死亡した一〇世の後を受けた一一世には、ダライ・

ラマ側が布告した人物と、中国政府当局が擁立した人物の二人がいます。しかしダライ・ラマ側のパンチェン・ラマ一一世は突然、行方不明になり、いまだに所在は不明です。

話を戻します。中国軍のラサ進駐に当たって、チベット人の激しい抵抗は続きましたが、多数の犠牲者を出し、事態はチベット政府側に不利になる一方でした。やむなくチベット政府側は中国と協約を結び、「高度な自治」を条件に、中国の主権を認めました。チベット政府は自治の枠組みを保とうと懸命の努力を続けましたが、人民解放軍がチベットに駐留したことで、完全に中国の枠組みに組み込まれ、ここでも「高度な自治」は有名無実になりました。チベット併合後、チベット人による抵抗運動は何度も繰り返されました。代表的なのは、中国政府の「社会主義改造」の強要に抵抗する目的で、一九五九年に頂点に達した武装蜂起「抗中独立運動」が有名です。

ここでは、中国政府の卑劣な戦略が展開されました。一端を紹介しましょう。武装蜂起に対して、当初、人民解放軍はチベットの村や僧院に制裁攻撃を加え、反乱するゲリラ部隊を屈服させるため、ダライ・ラマ一四世の住むポタラ宮を爆撃するという脅しを何度も行った上で、ラサ駐屯の中国機関がダライ・ラマ一四世を観劇に招待するという奇策を展開しています。「ラサ郊外にある人民解放軍司令部で観劇をしませんか」という誘いです。

しかし中国側は「観劇の際にチベット側の武装警備隊を同行させないこと」や、「宮殿から移動する際にも公式な儀式を行わないこと」を要求しました。そこで、「ダライ・ラマ一四世の拉致を中国が計画している」という疑念がチベット市民の間に生まれ、恐れを感じた約三〇万人のラサ市民が宮殿を取り囲んだのです。これが「ラサ蜂起」と呼ばれる騒乱の発端です。

ラサの街頭に集まった抗議者たちはチベットの独立を宣言し、通りにはバリケードが築かれ、人民解放軍もチベット軍も、衝突に備えてラサ内外の拠点を要塞化し始めました。しかし、数に劣り、武装も貧弱なチベット軍は抵抗しきれず、ダライ・ラマ一四世はラサ市から避難し、インドへの亡命を決断します。法王を慕う民衆約八〇〇〇人も一緒でした。そしてインドへの国境越えの直前、チベット臨時政府の樹立を宣言し、現在もインドで「亡命政府」を形成しています。ラサ蜂起は、三日間で一万〜一万五〇〇〇人の市民が死亡したと伝えられています。

その後、何度かチベットでは騒乱が勃発しましたが、最近では「ラサ蜂起」から五〇年に当たる二〇〇八年の騒乱が記憶に新しいところです。これは同年の北京オリンピックを控え、「中国政府は国際世論を気にして強硬手段に出られない」ことを見越した反乱だったと言われています。しかし一九五九年のように、民衆全体を巻き込むような熱気は感じられなかったという報告もあり、背景には、中国政府による〝恐怖支配〟があるのではないでしょうか。ダライ・ラマ法王日本代表部事務所は、次のように訴えています。

「チベット人は繰り返し中国からの独立を訴えてきた。我々チベット人は非暴力による抵抗運動を行ってきているが、チベットでは一〇歳にも満たない子どもたちが『チベットは独立国家だ』とか『ダライ・ラマ法王にご健勝あれ』とささやいただけでも、中国は『母国』の『分裂』をたくらんでいると告発し、投獄を宣告されることが多々ある。チベット国旗に似たものを所持するだけで、七年間投獄される」

「活仏」としてあがめられるダライ・ラマの写真を飾ったり、携帯に写真の履歴が残っていたりするだけで処罰されてしまうそうです。それに抗議の意思を示す究極の手段として、焼身自殺をする人も多く、チベット亡命政府によると、二〇〇九年以降で一五〇人超が亡くなっているといいます。

また、焼身自殺や中国への抗議デモを海外などに伝える行為は、犯罪として罰せられます。法律として明確に禁じられてはいないが、中国政府はチベットの情報が外国に伝わることを恐れているようです。

当局の盗聴は日常茶飯事で、通信記録から海外に電話したことが明らかになると、即座に収容所に送られるといいます。

中国ではどの都市でも監視カメラがあふれていますが、特にラサ市内はその数が並外れて多く、「チベットでは人間の数よりも監視カメラの数のほうが多い」という、笑えない話もあるそうです。

また、中国当局の卑劣な工作で、チベット人同士の相互監視が強まっているという話もよく聞きます。中国当局がチベット人のスパイをつくり、こっそりダライ・ラマを拝む人や中国批判をする人の密告を奨励していて、中国人がチベット仏教の僧侶になりすまし、本音を言わせて逮捕することもあるといいます。チベット人同士でも外で話すことはなく、余計なことを話すと「いつ誰に聞かれているか、わからない」と疑心暗鬼になっている人も多いといいます。かつて「中国からの独立」を共通の目標にして団結していた仲間が、お互いを疑い監視する……考えるだけで、恐ろしい社会です。

「宗教の中国化」を目論む習近平

宗教については、中国政府は公式には否定していません。中国憲法でも「公民の宗教信仰の自由」は保障されています。公式には「五大宗教」として仏教、道教、イスラム教、キリスト教のカトリック、プロテスタントが認められており、信徒はそれぞれの活動を行っています。

ただ、習近平政権は「依法治国」（法によって国を治める）を掲げて法制度を整備する中で、言論統制をますます強めています。当然、宗教もその管理下にあり、その〝指導〟の下でしか、宗教活動は展開できないのです。

法制度の整備は一見、社会の安定化を図り、人々の生活を豊かにするためのルールのように見えますが、実は国家によるコントロールを強め、共産党の独裁体制を補完する制度なのです。〝人民の生活〟そのものを、最終的には共産党の判断によって一元管理することを目標にしているということです。

こうした方針は、宗教団体にも向けられています。キーワードは「宗教の中国化」です。習近平は社会主義社会に〝適応する〟宗教だけを容認し、それを民衆支配の隠れた武器にしようと考えているのです。「宗教は政治上のアイデンティティ、文化上の融合、社会上の適応を自覚しなければならない」というのが共産党の主張で、宗教団体は当局の指導に沿う形で活動しろ、という姿勢です。

そこで打ち出されたのが「宗教の中国化」です。まず、「宗教活動が中国社会の課題を改善するために役立つ」ことを求めました。「中国社会の課題」は、習近平は「各種の浸透する転覆破壊活動、暴力テロ、民族分裂活動、宗教過激行動」と指摘しています。でもこれ以上に、中国社会に多岐にわたる問題があり、それへの〝調整弁〟として宗教を利用しようという魂胆が透けて見えます。

実は中国における宗教は拡大の一途をたどっていて、二〇一八年に国務院弁公室が発表した『宗教白書』によれば、宗教の信仰者は二億人近くに上ります。総人口は約一四億人ですから、約七人に一人が何らかの宗教に入信していることになります。

五代宗教は認められていますが、それ以外に公式に承認されていない宗教団体が数多く存在するのも、中国社会の特徴です。既存の五代宗教では、貧困層や社会的に孤立した人々の気持ちをすくい取れないのです。

特に農村や貧困層では既存の宗教に飽き足らない層の間に新興宗教が人気ですし、政治的な問題に付随して、チベット仏教への信仰規制、ウイグル族が信じるイスラム教への圧力も強まっています。

つまり、共産党政権の方針に従うかどうかを基準に、活動の容認・支援という「アメ」と弾圧という「ムチ」を使い分けるのが共産党政権の特徴です。事実、習近平は「宗教管理活動の本質は大衆工作」と明言していて、宗教を大衆コントロールの手段として〝管理〟し、大衆の不満を抑え込むことに一役買わせようとしているのです。

アメリカ政府の国際宗教自由委員会が発表した「二〇二〇年度国際宗教自由報告」は、中国を引き続き「特別監視国」とし、中国当局はいまだに臓器移植のために、大勢の法輪功の信者を殺害していることを指摘しました。

「二〇二〇年で中国は二一年間連続して信仰の自由と人権を無視している国で、その状況は昨年度よりも悪化し、国家権力とハイテク技術などを利用して国民生活を監視し、宗教団体への弾圧もいっそうエスカレートしている。当局は国連と外国政府などに圧力をかけたり、一〇〇以上の国に監視システムと技術サポートに協力するという形で、国際宗教自由を迫害しているのだ」

この報告の中でアメリカ政府に「宗教の自由を侵害した中国政府機構及び官僚に、海外資産を凍結し、アメリカへの入国を拒否するよう」制裁を求めています。

「地下教会」の弾圧を黙殺するローマ教皇

ただし「法輪功」のように、「ムチ」の政策で弾圧された未公認宗教団体が地下に潜り、いっそうの過激化に走る例も見られます。

また、政府公認の宗教を嫌う人たちの間では、クリスチャンの「地下教会」に入信する人たちも増えています。しかし当局は彼らに激しい弾圧を加え、信者の目の前で聖書や十字架を焼いたり、強引に教会を閉鎖したり、破壊する事例が、各地で頻発しています。信仰を放棄させるための署名などを強要され、従わないと逮捕されて刑務所に収監されることもあります。

この「地下教会」の信者を絶望させたのが、現在のフランシスコ教皇だと思います。彼は「中国寄りの姿勢が強い」という印象がありますが、それは中国と縁があるイエズス会出身ということも関係しているのかもしれません。

もともとバチカンは「反共」色が強く、現在でも中華民国（＝台湾）と公式な外交関係を結んでいますが、二〇一八年、長年冷え切っていた中国との関係改善を目指して、歴史的な「合意」を結び、大幅に関係が改善されています。冷戦終結で世界の環境が激変し、フランシスコ教皇の就任後は、教皇自身の姿勢も大きく反映して、共産主義国家に柔軟に対応する傾向が強くなりました。バチカンの国務長官は中国との国交樹立の意向を明言し、教皇も訪中に意欲的です。昨年には日本を訪問し、広島・長崎で祈りを捧げてくれましたが、「アジアの次の訪問先は中国」ということが既成事実のように語られているほどです。

「歴史的合意」とは、こうです。バチカンは、中国管区カトリックの教会の聖職叙任権（キリスト教会での司教や修道院長など聖職者を任命する権限）について、長年中国と対立してきましたが、暫定的に合意したのです。教皇は合意の一環として、中国政府によって任命された司教七人を承認しましたが、これには異論が噴出し、カトリック香港教区の枢機卿は「教皇は中国の体制を理解していない」と痛烈に批判しているほどです。

この背景には、地下教会に対する〝温度差〟があります。フランシスコ教皇は地下教会信者を念頭に「和平合意が結ばれるときは、双方とも何かを失うのが通例」などと発言し、弾圧を黙認しても、対中関係改善を優先したと受け止められています。地下教会信者の間では、「信頼していた教皇に裏切られた」という声が高まっている様子です。

「法輪功」や「地下教会」に限らず、自分たちに都合が悪い宗教活動を厳しく制限すると、国際社会から大きな非難を浴びることも考えられます。ただし、欧米諸国からあれだけ「人権問題」で批判を浴びても、「どこ吹く風」と動じない中国政府のことですから、「宗教の自由に対する侵害」だという批判もまた、受け流してしまうかもしれません。

人権派弁護士への弾圧

習近平体制になって、ますます言論の自由規制や報道管制が高まり、政府批判の声に対する弾圧も激しくなっています。典型的な例が、「人権派弁護士」たちが〝失踪〟してしまうケースです。明らかに当局による拉致です。

二〇一九年、中国・天津の裁判所は人権派弁護士の王全璋《おうぜんしょう》に「国家政権転覆罪」で四年六か月の実刑判決を言い渡しました（二〇二〇年四月五日に釈放）。王は政治活動家や土地接収の被害者をはじめ、「法輪功」の信者などを弁護していた「弱いものの味方」でした。

中国当局はここ数年、人権派弁護士の取り締まりを加速させていて、王全璋は二〇一五年に、何百人もの弁護士や活動家を弾圧した際に逮捕されましたが、三年半もの間、生死もわからない状態に置かれていたといいます。

裁判所は王を有罪とし、「四年六か月の禁錮刑と、五年間の政治的権利の剝奪」を言い渡したのですが、裁判は非公開で行われ、ジャーナリストや外国の外交官なども裁判所への立ち入りを禁止されたことからも、この裁判の〝異常さ〟が類推できます。「習近平政権による人権侵害を象徴するものだ」と断言してもよいと思います。

アムネスティ・インターナショナルは、この裁判を「いかさま」と呼び、判決は「非常に不公正なものだ」と批判しています。そもそも、国連の「恣意的拘禁に関する作業部会」では、「王の勾留を恣意的なもので、国際法上では、まず起訴されるべきではないし、どんな判決も受けてはならない」と認定したのです。

それと歩調を合わせ、権利保護や市民社会の拡大を訴えるグループが、政府の人権侵害に対する抵抗のシンボルとして、王全璋とその妻・李文足さんを支援してきました。それだけに、失望の度合いは深いと思います。

中国政府による弁護士弾圧は二〇一五年七月九日に起きたことから「709事件」と呼ばれていますが、二〇〇人以上が拘束され、多くが懲役刑や執行猶予、禁錮刑などを科せられています。習近平政権は、「反体制には断固たる処置をとる」と宣言したのです。「立憲主義や司法の独立といった概念は、危険な西洋式理想なのだ」という立場で、この判決も、その主張を見せつけるためのものと考えられます。

中国人民には「生存権」すらないのか

人権派弁護士は、共産党一党独裁体制の中で、迫害されたり、冷遇されている人たち、いわば社会のセーフティーネットからこぼれている人たちを弁護する人たちです。

「出生権」も、その一例に挙げてよいと思います。中国は人口爆発を防ぐために、国家政策として「一人っ子政策」を推進していますが、そもそも子どもを授かるというのは自然の摂理のはずです。「生みたい」というのは、人間、いや生物としての本能です。

でも「勝手に生んではいけない」「生まれてこないようにせよ」というのは、人間の「出生権」の否定に繋がります。それがないから「生存権」も脅かされている。そして、当局の意に反すると、心ならずも命を落とさざるを得なくなる。

私有財産も同様。国家がその気になれば、誰の財産でも自由に収奪することができます。それに対して抵抗もできず、反論も不可能。

つまり、人間としての基本的人権が、一切認められていないのです。もちろん、憲法では保障されています。言論の自由も出版の自由も、憲法によって守られるはずの権利です。

しかしそれは、当局の恣意によって、簡単に侵害される。「公共の安寧」という名目で、です。でも、その基準は誰が決めるのか。中国人民には、実質的に決める権利がない。すべて権力の思惑次第なのです。

ですから、逮捕された人権派弁護士たちが、その後どうなっているか、誰にもわからない。王弁護士の場合も、裁判が開かれるまでは、過ごし方はもちろん、生きているか死んでしまったかさえ、家族にだってわからなかったのです。

二年ほど前だったと思いますが、北京の下町で真冬に、出稼ぎ労働者たちの住む家を取り壊すという事件がありました。「低端人口を追い返そう」というスローガンのもと、当時の北京市長が、地方からやってきて下町に住む人たちの住宅を取り壊し、町から追い出したのです。しかも、何の補償もなく。

取り壊して、家財道具をぶちまける。当時の北京市長が直々、指揮をとっていました。

彼はいまは交代したようですが、習近平の子分のような人間です。

ではなぜ、底辺の労働者を追い返そうとするのでしょうか？

「火災防止」などが理由に挙げられていますが、これはあくまでも建前です。背後には高官たちの不動産開発などの利益が絡んでいるのではと噂されています。

日本でしたら十分な説明と保障をし、しかも一定の時間をかけて、「じゃあ、引っ越してください」となるところでしょう。

しかし中国はそうではない。行き先も提供せず、何の補償もせず、一方的に追い出すのです。悲惨な光景です。

北京の一二月の寒さは、東京などの比ではありません。酷寒の中、急な命令一つで追い出されるなんて、私はまた「下放」の体験を思い出してしまったほどです。「生存権」なんてどこ吹く風……これが中国なのです。

利権をめぐる権力闘争に翻弄される市民

また、二〇一九年の年末、北京の高級住宅地の別荘エリアを取り壊すという大騒動がありました。居住者はお金持ちばかりなのですが、それでも有無を言わさず取り壊し。「大金を払って買ったばかりなのに」と、すごい剣幕で抗議している人もいました。でもお構いなし、泣き寝入りするしかありません。

これは、北京市かどうかは不明ですが、上層幹部たちの権力闘争によるものです。例えば幹部のAさんがこの開発権を握って、開発して分譲したとしましょう。しかし、Aさんと対立するBさんが権力争いに勝利し、Aさんを追い落としたとします。すると、すでに分譲されていたその土地を使って、金儲けに走るのです。新たに開発権を握ったので、取り壊してもう一度分譲しようと。

その結果、エリア全体が取り壊されてしまった。大金をはたいて買ったのに、いきなり取り壊されて、理不尽だと感じても、住民は怖いから諦めるしかない。権力に逆らったら、もっとひどいしっぺ返しが来ますから。特に北京オリンピックのときは、市内のあちこちでこうした光景が見られたそうです。

表面的には「計画があるから」と説明されますが、実態は、上層部の誰かが「この土地は利権になる」と目をつけたから、というのが本当のところです。

中国では、「土地は国家のもの」です。しかし、その国家を代表するのは、いったい誰でしょうか。それは決して人民ではなく、時の権力者です。いまなら習近平で、彼に連なる人間たちが権力を握る。上に行くほど大きく、下になるほどささやかですが、大小はともかく、利権を貪って、私腹を肥やすのです。

もちろん、そんなことを認める法律はありません、しかし中国は「法治国家」ではなく「人治国家」なので、権力者がそのまま法律なのです。

しかし土地は国有とはいえ、「使用権」があるはずだという考え方もあり、弁護士はその権利を守るために働くのですが、残念ながら、権力によって吹き飛ばされてしまう。そうでなければ、人権派弁護士が〝失踪〟することはないはずです。

4

強欲な共産党が「世界支配」を目論む

中国の「恥部」を暴露し続ける郭文貴

中国の大富豪で、二〇一四年にアメリカに事実上の亡命をした郭文貴《かくぶんき》という人物がいます。「中国版CIA」と呼ばれる諜報機関「中国国家安全部」の事実上のトップだった馬《ば》建《けん》副部長の盟友でした。彼は二〇一四年に中国長者番付の七四位にランク入りし、個人資産額は一五五億元（約二五五〇億円）と推定されています。

しかし、馬建の失脚に伴ってアメリカに亡命し、「身の安全、財産の安全」、そして「復讐」のため、中国共産党の最高指導部メンバーらの腐敗・汚職を暴露し始めたのです。

その一連の暴露行為は「Expose Revolution」（爆料革命）として世界的に広がり、特に中国国内に浸透し、中国共産党政権を根底から震撼させています。暴露したスキャンダルは、政治闘争から賄賂、資金洗浄、そして性的なものまで、いずれもメガトン級の爆弾です。

馬建は、対台湾、対香港、対アメリカなどの対外スパイ部門を統括し、諜報機関の実質的頂点に立っていましたが、権力闘争に巻き込まれ、汚職容疑で失脚し、現在は北京郊外

動画投稿サイト「ユーチューブ」で中国の王岐山党中央規律検査委書記の腐敗疑惑を暴露する郭文貴（＝共同）

にある党幹部専用の特別刑務所に収監されています。

馬建は逮捕が近いことを悟ると、盟友の郭文貴に〝資料〟を託したそうです。それは「共産党中央の高官たちの金銭、セックスなどについてのスキャンダルの証拠になる書類、録音テープ、録画映像」で、幹部らの不正の事実が詳細に記されているもの。先ほど述べた「江沢民の息子の臓器移植」の件も郭文貴が暴露したもので、「彼は複数回臓器移植を受け、そのために五人が命を落とした」と報告しています。

また後で詳しく述べる「中国共産党の藍金黄（ＢＧＹ：一五四ページ参照）計画」についても同様です。

日本やアメリカを舞台に、中国当局が金と利益や便宜供与、ハニートラップなどを仕掛け、相手側の高官などをがんじがらめにしていることも、彼がユーチューブのライブ動画の中で話していました。たまりかねた中国政府は、汚職容疑者として引き渡すようにアメリカ政府に要求しましたが、アメリカ政府は拒否しました。

「マレーシア航空三七〇便の墜落事故は江沢民派が起こした」といった発言もあります。二〇一四年に起きたマレーシアのクアラルンプールから、中国の北京に向かっていたマレーシア航空の定期旅客便三七〇便が消息を絶ち、その後、インド洋に墜落したと推定された事故で、航空史上最大の謎とされています。

現在、彼はニューヨークのマンハッタンで七階建ての防弾ガラスのビルを五年契約で借り、事務所として使用しています。

「新型コロナウイルスは生物兵器」と確信！

彼の「爆料革命」で明らかにした〝出来事〟は、追って解説していきますが、郭文貴は今回の新型コロナウイルスが人工合成であると言及しています。その根拠は、〝中国共産党の公式軍事ポータルサイト「西陸網」が、人工的に合成したものであることを認めている〟ことです。「西陸網」は一月二六日に、「新型コロナウイルスの四つのタンパク質が交換され、相手を狙い打ちにすることが可能」という論文を発表したそうですが、そこに、このウイルスが人工的に合成されたものであることが記述されていたというもので、第一章で私が述べた説と一緒です。これを読んで私も「生物兵器」が漏れたか、あるいは漏らしたかに違いないと、確信が持てました。

郭文貴がネット上に素顔を晒してライブ配信を始めたのは二〇一七年、ＶＯＡ（ボイス・オブ・アメリカ）の生放送インタビューを受けている最中に中断されたことがきっかけでした。その後、在米の中国語メディアに出演し、「中国公安省次官の傅政華《ふうせいか》とその親族が、職権を乱用して数百億円の現金を懐に入れた」と、告発しました。傅政華は、馬建が失脚した際に、郭の親族や部下を拘束して拷問したうえ、彼らを釈放してほしければ巨額の〝釈放料〟を払えと要求したといい、やむなく郭文貴が払っても釈放には応じず、その後も執拗に脅迫し続けたといいます。インタビューはこの傅政華と、それに繋がる中国共産党指導層への「復讐」が目的でしょう。

傅政華は、胡錦濤《こきんとう》政権下で「公安のドン」と呼ばれた周永康《しゅうえいこう》前党中央政治局常務委員の忠実な部下でしたが、習近平と王岐山（当時・政治局常務委員で後に副主席）体制が確立すると、あっさり寝返って、周永康を失脚に追い込むことに手を貸したという、人間的にまったく信用のならない人物です。

生放送インタビュー中断事件とは、ＶＯＡで「王岐山の親族と海南航空を率いる海航集団の癒着の証拠が明らかになった」と語りました。中国共産党中央の「腐敗ぶり」を全米に向かって告発する「爆料革命」第二弾のときに起こった事件です。インタビューは約三時間に及ぶ予定だったのですが、一時間ほどで急にシャットダウンしてしまったのです。

アメリカ放送史上、前代未聞の出来事で、これはＶＯＡが中国側の圧力に屈して放送をストップしたとの説が有力です。ネットでは「ボイス・オブ・チャイナ（ＶＯＣ）だ」と皮肉られる始末で、これ以後、郭文貴が何を語るか、各方面で急速に注目を集めるようになっていきました。

そしてこの事件の後、中国公安のトップ・劉延平《りゅうえんぴん》と、党の報道部長という肩書きながら内実は公安関係の孫立軍《そんりつぐん》が訪米し、郭文貴にコンタクトを取って、「何もしゃべらなければ、戻ってきても身の安全を保障する。資金も思いのままだ」と、条件を提示したそうです。これほど、中国共産党が彼を警戒している事実をもってしても、郭文貴が握っている情報の信憑性が高いことがわかります。

そこで、その主要なものをチェックしていくことにします。いかに中国共産党上層部の腐敗がひどいものであるかが明らかになると思います。

習近平は「上海閥」の根絶を目論む

郭文貴は馬建の腹心でしたが、その馬建は「方正科技集団」のＣＥＯ李友《りゆう》とも深い関係にあり、ビジネス面で李友の便宜を図っていたと言われます。李友も馬建同様、中国政府に拘束されました。

方正科技集団は中国共産党中央弁公庁、中国国家安全部などが協力関係にあり、同社の王という人物が、党中央の機密文書を作る際に使用する暗号と、中国文字を電子化し言語デジタルのソースコードなどを開発し管理しています。

つまり全世界ネット上で、もしこのシステムの中国語を使っていれば、その情報はすべて方正科技集団に把握されてしまうのです。原爆実験から銀行での入出金まで……。

この技術と方正科技集団が開発したソフトシステムが中国の上海先物取引所、上海証券取引所、深圳証券取引所などに採用されたことによって、李友は国家核心的な情報をコントロールするようになったのです。証券取引記録などを改竄《かいざん》したり、手形などを使って、銀行から数千億円の現金を騙し取っていました。

郭文貴と李友との関係は、二〇一三年に「民族証券」と「方正証券」が合併した際、株式の持ち分をめぐって李友の「方正ホールディング」と郭文貴の「政泉ホールディング」との間に争いがあり、結局、決裂したようです。その後、李友は「インサイダー取引」容疑で郭文貴に告発され、調査を受けたのち、逮捕されました。

また郭文貴の話によれば、李友も複数回「肝臓移植」手術を受けていたそうです。

ちなみに、方正グループ企業は北京大学の関連企業で、北京大学学長王恩哥《おうおんか》は江沢民に息子のように可愛がられていて、後述する「千人プロジェクト」創設者の一人でもあります。

二〇一一年、「江沢民危篤」のニュースが流れました。これを聞きつけ、慌てた当時の江沢民派の中央幹部である周永康、郭伯雄《かくはくゆう》、徐才厚《じょさいこう》などは、すぐさま動き出しました。江沢民引退後の最高指導者・胡錦濤のもとに走ったのです。そして胡錦濤に忠誠を誓い、江一族から背離したのです。

江沢民が「次代のリーダー」として目をかけていた薄熙来までも、あからさまに胡錦濤に近寄り「友好」の意を示しました。そんな中、唯一、江沢民の息子と一緒にその「回復」のために手を尽くしたのは孟建柱《もうけんちゅう》でした。その後、江沢民が「奇跡的」に生き返りました。おそらく「心臓移植」の手はずを整えたのでしょう。

回復した江沢民はすぐに胡錦濤政権を潰す「滅胡計画」と「必殺二七人リスト」作りなどに取り掛かります。そんな最中、「第一八全人代（中国共産党第一八回全国人民代表大会）」を前にして、ある出来事が起きました。胡錦濤派の李源潮《りげんちょう》と令計劃《れいけいかく》が「内部バーチャル投票」を実施したのです。これは、江沢民をはじめとする元の中央常務委員たちを代理する人物、すなわち江沢民派の子分らを中央に送り込むルートを塞ぐ目的でした。むろん、元老たちは激怒しました。そして彼らが極秘に「南普陀《なんふだ》会議」を開き、次の三つの計画を制定し、第一八全人代で、中国政局を変えることで一致したといいます。

・**計画1**：令計劃の息子を殺害することで令計劃を失脚させ、胡錦濤が外遊している間に中央政治局員をすべて更迭し、その権力を奪うというもの。実行者は、孟建柱と孫立軍です。

この計画は二〇一二年三月一八日、胡錦濤の側近で党中央弁公庁主任を務め、共産主義青年団（共青団）系の人事を握っていた令計劃の息子・令谷《れいこく》の「飲酒運転による事故死」で火蓋を切り、胡錦濤率いる共青団勢力の粛清が始まりました。

・**計画2**：王岐山は朱鎔基の子分たちの協力を得て金融に関する利権を掌握し、国の財布を握って、習近平に言うことを聞かせる。その一方で「公検法（公安・検察・法院）」を改革して「政法委」を独立させ、孟建柱を政法委の書記に任命。つまり彼に〝粛清・逮捕の武器〟を与える。そして習近平を条件つきで主席の座に座らせるというものです。条件とはつまり「傀儡」になるということ、習近平は孟建柱の「監督」を受けての執政を行うことになります。そのため、孟建柱は「孟監国」とも呼ばれています。

・計画3：習近平主席およびその家族を二四時間監視し、その行動をすべてコントロールする計画。電子マップによる追跡をし、習近平の行動と政策や重大な決定などに関する情報は、随時、上海にいる江沢民の息子・江綿恒に報告されます。こちらも実行者は孟建柱と孫立軍です。

こうして習近平体制が第一八全人代で承認されたのですが、習近平は「操り人形」に我慢できませんでした。実権を手に入れようと、やがて「軍」に手を伸ばし始めました。そして第一九全人代で「習近平総書記を党の中心とする」ことを再確認させることに成功し、その後憲法を改正、「中国国家主席の任期撤廃」を定めました。党中央内部の権力闘争も熾烈になる一方です。

令計劃と、その上の兄で、山東省の石炭利権を握っていた令政策《れいせいさく》は、重慶を支配していた薄熙来と一緒に失脚し、もう命がないものと思われます。

事はそれだけでは収まらず、薄熙来、周永康に連なる「江沢民を裏切った」高官たちの一掃は続き、兄の失脚直後、身の危険を感じてアメリカに亡命したのが令兄弟の末弟、令《れい》完成《かんせい》です。海外に隠匿した一族の巨額の隠し財産を握って、シンガポールからアメリカに渡りました。

彼も中国共産党の醜聞に関する情報を握っているようなのですが、いまのところ、郭文貴ほど目立った活動はしていません。

それに比べると、郭文貴は、ネットを活用して中央内部の秘密情報を暴露することで、共産党の悪魔的な部分を幅広く知ってもらおうとしているように、私には思えます。台湾の総統選挙で、親中国から距離を置く蔡英文《さいえいぶん》総統の再選の陰には、彼が発揮した力が大きいと言われ、また米中貿易戦争についても、積極的に発言しています。香港の時代革命もサポートしているようです。

中国のナンバー2・王岐山は「腐敗のデパート」

郭文貴の武器は、中国共産党幹部たちのスキャンダルを記録した映像などを含め、金融腐敗や欧米など先進国へのＢＧＹ（藍金黄）による浸透工作、そして一帯一路という世界戦略に関する膨大な内部情報です。これが彼の命の「担保」になっていると言われていま す。「自分の身に何かあったら、これらの情報をすべてネット上で公開するように」と弁護士に依頼し、すでにその手配を終えていると言われます。

郭文貴の亡命に伴って、妻と娘は中国当局に拘束され、彼はその引き渡しを中国政府と交渉してきましたが、中国政府は応じません。そこで彼は、党中央の高官たちのスキャンダルの証拠をもって当局と交渉し、妻と娘をアメリカに救い出すことに成功しました。

衝撃的だったのは、権力の中枢にあって「習近平の片腕」と言われた王岐山副主席のスキャンダルです。王岐山は党の中央紀律検査委員会書記として、「反腐敗運動」の先頭に立ってきた人物です。先ほどの周永康や令計劃、人民解放軍のトップだった郭伯雄らを次々と監獄に送り込んでいます。北京市長代行時代、SARSを抑え込んで出世の階段を駆け上ったことはよく知られています。

一度は中央政治局常務委員を退任しますが、その後〝異例の人事〟で国家副主席に就任しました。中国は憲法を改正し、国家主席と国家副主席の任期制限が撤廃されていて、習・王体制は「事実上の終身体制」と言われています。

ところが郭文貴は、この王岐山自身も、その一族も汚職まみれだと告発したのです。郭文貴と王岐山の確執は、王が北京市長だった時代に遡ることができます。当時、北京では五輪に向けて再開発が繰り広げられていました。ホテルを経営する一方、不動産開発業で頭角を現していた郭文貴も土地を買い、「盤古大観」を建設しようとしていました。しかし、その建設予定地は副市長の劉志華《りゅうしか》の愛人に目をつけられたため、横取りされてしまったのです。

怒った郭文貴は劉を、「職権乱用、私生活腐敗」などとして党中央に告発したのです。やがて中央規律委員会が特別捜査チームを立ち上げ、この事案を調査し始めました。その後、郭文貴が提供した劉の「淫行動画」が証拠となり、劉は逮捕されました。ちなみに、特別捜査チームの長に任命されたのは馬建でした。

もう少し詳しく説明しますと、二〇〇四年初め「盤古大観」建設予定地の開発権が、当時、北京都市開発建設担当兼オリンピック招致グループ長を務める副市長の劉志華によって、理由もなしに無条件で取り上げられてしまいました。これを受け、「劉志華職権乱用、生活腐敗」と、郭文貴は党中央に上告したのです。中央規律委員会は馬建が率いる特別調査チームを発足し、その犯罪証拠を集めます。

そこで郭文貴は劉志華がよく出入りするナイトクラブや定宿として使うホテル、およびそのオフィスにも監視カメラを仕掛けてスキャンダラスな映像を大量に入手し、特別調査チームに提出したのです。劉志華と愛人王某との不倫映像は、彼が逮捕される決定的な証拠となりました。

また当時北京市長の任にあった王岐山は、劉志華の盟友で、ともに特別調査チームの調査対象でしたが、王岐山は調査チームのメンバーの一員である中央規律委員会のある「副処長」を、二億元入りの銀行通帳を渡して買収したそうです。二〇〇六年六月六日、劉志華が逮捕された日には王岐山はオーストラリアを訪問していて、そのために難を逃れることができました。

この一件で怨念を抱いた王岐山は、「第一八全人代」以降に権力を握ると、すぐに中央規律委員会、とりわけ二〇〇六年の「劉、王腐敗事案」の調査に関わった特別調査チームのメンバーに報復を開始しました。その結果、馬建は失脚し、郭文貴はアメリカに亡命せざるを得なくなりました。彼が二億元で買収した副処長も粛清しました。一方の劉志華はその後、王岐山によって極秘に保釈されています。

郭文貴は、王岐山を筆頭に、政権幹部の「セックス・スキャンダル」も暴露しています。権力にものを言わせ、有無を言わさず中国の有名女優を次々とベッドに引きずり込んでいるというのです。郭文貴は、こう語っています。

「最近一〇年間、中国の高官の間でもっとも流行し、高値で贈答の対象にもなっていたのはＭＤＭＡ（通称エクスタシー）などのドラッグだった。（乱倫が報じられた失脚高官の）周永康や薄熙来らはもちろん、王岐山もこれを使っていた。党の高官たちは性的な面で極めて不健全であり、それは信仰なき共産党員のニヒリズムに裏打ちされている。彼らの強欲や占有欲が行き着く先は、スターたちとの『交際』である」（『ＳＡＰＩＯ』二〇一八年一一月一二日号）

清廉潔白であるはずの「汚職摘発」のリーダー王岐山が、陰でこんな破廉恥な行為を繰り返していたのです。ではなぜ、有名女優たちは、高官の誘いを拒絶できないのか。それはかつて二〇〇二年の「劉暁慶《りゅうぎょうけい》の事件」に原因があると、郭文貴は指摘します。

この事件は、当時、人気絶頂にあったトップ女優・劉暁慶が、突然脱税容疑で逮捕され、一年以上も投獄されたものです。郭文貴によれば「この件は、中国当局から芸能界への脅迫だった」そうです。「我々と褥《しとね》をともにしなければ、彼女と同じ目に遭わせるぞ」という脅しで、「中国高官は、希望するいかなる女優とも寝られるようになった」と郭文貴は語っています。

そして今回、王岐山の相手として名指しされたのは、『Ｘ-ＭＥＮ』シリーズなどでハリウッド映画にも出演している中国のトップ女優・範冰冰《ファンピンピン》。不動産業者の意を受けた彼女

王岐山中国国家副主席。2019年7月9日撮影（ロイター＝共同）

が土地取引に絡んで王岐山を〝接待〟し、取引を有利に運ばせる手助けをしたというものです。彼女はその見返りとして利益の二〇%を受け取ったと、郭文貴は暴露しています。それ以降、彼女は王岐山の〝愛人〟になったとのことです。

範冰冰側は「事実無根」として告訴しました。そして中国版ツイッター「微博(ウェイボー)」に怒りのメッセージを投稿して対決姿勢をあらわにしましたが、告訴から半年、ひっそりと訴えを取り下げ、範冰冰自身も姿を消してしまいました。

失踪の原因は何か、真実は闇の中です。しかしファンや関係者の間では「法廷闘争をすると王岐山のスキャンダルが白日の下に晒されるので、当局が彼女の身を隠したのではないか」と囁かれました。

王岐山だけでなく、郭文貴が秘匿しているビデオの中には、中国指導部のほとんど全員のセックス・スキャンダル映像が収録されているそうです。

幼児を歪んだ性の対象にした「紅黄藍幼稚園」

王岐山の次に標的になったのが、党中央政治局委員兼政法委員会書記の孟建柱です。政法委員会書記とは、警察（公安）・検察・裁判所という中国の司法部門を統括する総責任者のこと。彼についても女優やモデルとのスキャンダルだけでなく、「毎晩のように年若い少女と同衾《どうきん》している」という噂が流れています。

その性癖が高じたためかもしれませんが、北京にある「紅黄藍」という幼稚園でのスキャンダルが話題になったことがあります。この幼稚園は、孟亮《もうりょう》という、孟建柱の親戚が運営し、小学校入学前の幼児教育を目的に設立された施設ですが、二〇一七年に、この幼稚園の子どもたちが、大きなあざや傷をつけたまま帰宅するというので、大騒ぎになり、日本でも報じられました。体に針を刺した痕や、昼寝前に睡眠薬とおぼしき薬を飲まされているという疑いもありました。

子どもたちの話によれば、彼らは「性的暴行」を受けていたようなのです。「裸のおいじいちゃん先生やおじさん先生に、裸にされたり体を触られたりした。先生たちに『言うことを聞かないと臓器を切り落とすぞ』と脅かされた」と証言しています。「小児性愛」の持ち主による性的虐待です。一番幼い子どもは三歳だったそうです。

事情説明を受けた親たちも、子どもたちが成分不明の錠剤を飲まされたり、裸で教室に立たされる罰を与えられるなど、子どもたちから一致する証言が出ていると話しました。

実は中国では、児童虐待事件が相次いで発覚していて、保育や初期教育産業に対する当局の手ぬるい規制や監督をめぐる問題が表面化しています。二〇一五年にも、同じ系列の吉林省四平市の紅黄藍幼稚園で、同様の事件が発覚しています。舌に針を刺されたり、薬を飲まされたりしている児童が数多くいたのです。

この「おじいちゃん」の中に孟建柱が含まれているかどうかは不明ですが、この幼稚園のすぐ近くに、人民解放軍の施設があります。小児性愛者の〝おじいちゃん先生〟や〝おじさん先生〟が、中国共産党や人民解放軍の高級幹部であった可能性も考えられます。

『大紀元』は、次のように報道しています。

「わいせつ行為を働いたのが『老虎団』の幹部だという疑惑が浮上している。老虎団とは、首都北京に配備されている人民解放軍警衛第三師警衛第一三団で、その幹部たちが集団で長期にわたって児童にわいせつ行為を行っていたというのだ。この疑惑は、中国版LINE『微信（ウィーチャット）』や中国版ツイッター『微博（ウェイボー）』を通じて拡散されたが、当局の介入により、驚くべきスピードで削除されている」

信頼してわが子を預けた親たちのショックは計り知れません。事態に気づいた親たちは猛抗議したのですが、当局にもみ消されてしまいました。司法分野の責任者である孟建柱の力が働いたことは明らかです。中国共産党が事実の隠蔽を図ったことが透けて見えてきます。

「BGY」で共産党イデオロギーを世界に浸透させる工作

中国には「無官不貪」という言葉があります。「不正に手を染めない幹部なんてあり得ない」という意味です。上は共産党幹部から、官僚、財界人、末端の警察官に至るまで、隙あらば利益を貪ろうとし、経済犯罪や汚職、賄賂などは「犯罪のうちに入らない」というのが、現代中国の〝常識〟になっているようです。

利益のためには手段を選ばず、ハニートラップ、贈収賄、恫喝や恐喝など、なんでもありです。麻薬や覚醒剤に手を染めて、それで利益を上げるだけでなく、ときにはそれを使って、〝宿敵〟を廃人にしてしまう例も少なくないそうです。首尾よく成功すれば、国内・海外に豪壮な不動産を所有することができ、海外の隠し口座に法外な資金をプールできます。もちろん、高級車を何台も所有したり、何人もの愛人を囲うことだってできます。およそ中国のトップ層は、このために虎視眈々と、チャンスを狙っていると言っても過言ではないでしょう。

中国国民だけでなく、海外の要人も主要なターゲットになっています。

再び郭文貴の言葉を借りますが、習近平と王岐山の究極の目標は、「全共産党員のみならず中国の全人民を、政治・経済・社会のあらゆる面で、習・王体制に従わせること」にあるそうです。そのための憲法改正で、習近平は生涯にわたって国家主席の座にあり、二〇三五年までに、党と国家のすべてを自分の手に握ることを目指しているといいます。

事実上の「王朝」の復活です。すなわち、この二人は権力と国民財産の私物化を目論んでいるということです。「もちろん、腐敗の摘発を名目に押収された財産は、結果的に権力者が私物化することも申し添えておこう」と郭文貴は記しています（『ＳＡＰＩＯ』二〇一八年五月六日号）。

その欲望の行き着く先は「全世界の中共化」、つまり地球上を中国共産党の支配下に置くことだそうです。「そのために先進国をターゲットに、ヨーロッパ、北米、日本に工作を仕掛けている」といいます。その武器は「ＢＧＹ」です。

ＢはＢＬＵＥ（青）。研究者や文化人、ジャーナリストたちに〝中国での便宜〟を図ることで味方につけていく工作。サイバートラップや、軍事や安全保障面も含めたハッキングも、これに含まれます。

ＧはＧＯＬＤ（金）。金銭による買収。特にアメリカやヨーロッパでは、マーケットでの利益を餌に、大企業家たちを従わせているほか、各国の政治家や官僚たちへの買収工作も横行しているそうで、新型コロナウイルス蔓延以前は「ヨーロッパは陥落寸前」だったとのことです。中国による貿易制限や、中国人観光客の引き揚げといった措置も、大きなダメージを与えるので、だんだんと中国の意に沿うようになっていったのです。

ＹはＹＥＬＬＯＷ（黄色）。つまりハニートラップです。中国本土や香港・マカオを訪れた各国要人や大企業トップに対してハニートラップが仕掛けられることは、「もはや〝常識〟と言っていいくらい」だそうです。事実、隠し撮りされた映像をもとに脅された例は、日本の官僚にもあります。

皮肉なことに、これらは新型コロナウイルスの蔓延のおかげで、いったん歯止めがかかったかもしれません。

BLUE——便宜を図って味方につける戦術

Bの場合は、例えば、中国史の研究者だとしたら、当局の意向に背いたら、中国に入国もできず、活動が不可能になる。しかし、その意向を組めば、様々な便宜が提供され、驚くほど活動しやすくなる。だから中国関係の研究者はみな親中派。メディア関係者も同じです。日本の大手メディアは、ほとんどが親中派です。他にも友好協会、中国と関係を持つNPO法人なども一緒です。

中国で発禁になった書籍に、河清漣《かせいれん》の『中国現代化の落とし穴——噴火口上の中国』（草思社）があります。その一節に、「一部の中国研究者とりわけ華人学者は、中国を称賛すれば政府から好感をもたれ、中国に入って調査ができるし、関係部門から資料を入手できることを発見した。（中略）外国の学者がこれらの資料にもとづいて研究すれば、それが現実とどれだけギャップがあろうと、中国政府はこれを採用し」とあります。

河は「中国政府の常套手段となっている統計数字の捏造」についても語っていますが、「自らの利益を第一に考える学者にとっては、捏造などにこだわってはおれないし、むしろ捏造数字を利用して政府が期待する結果を導き出すことに加担するだろう」と語っています。

そしてこのＢＬＵＥを享受している人物といえば、何と言ってもＷＨＯのテドロス事務局長でしょう。

「新型コロナウイルスが発生してからというもの、中国当局はアメリカのＣＤＣ（疾病対策予防センター）をはじめとする国際的な調査チームの派遣を頑なに拒む一方、あの手この手で情報隠蔽を図ってきた。その一番の〝助っ人〟は言うまでもなくＷＨＯのテドロス事務局長だ。そして世界で名の知れたウイルス学者も『ウイルスの発生源』あるいは『武漢Ｐ４実験室』についての取材を申し入れると、断る者、話題をわざとそらす者、検証の論文を書いても発表する直前に撤回した者など、ほとんど口を頑なに噤《つぐ》んできたのだ」

と、『大紀元』の調査記者ジョシュアは、ドキュメンタリー映画『共産党・新型コロナウイルス起源の謎を解く』の中で語っていました。

それでも真相が暴かれ、やがて「ウイルスは武漢Ｐ４実験室から来た」ことはもう隠せなくなってしまったのです。そんな微妙なタイミングに、二〇〇八年にノーベル生理学・医学賞を受賞したフランス人の科学者リュック・モンタニエは二〇二〇年四月一六日、フランスの医学報道サイト「Pourquoi Docteur」のインタビューを受け、「ウイルスは武漢の実験室で人為的に合成されたものだ」と話しました。

これは一見「爆弾発言」のように見えましたが、続けて「事故で流出した」とか「生物兵器ではない」とか、「元はＨＩＶワクチンを開発するために作ったウイルスだ」などと語ったのです。「中国は大きな国だから、間違いが起きても不思議ではない」などと、まるで「中国当局は無実で責任はない」、あるいは「エイズワクチンを開発するために武漢実験室は一生懸命頑張っているのに、ウイルスが勝手に研究室から逃げ出した」と、中国を弁護しているような口ぶりなのです。

「ウィキペディア」でこの人物を検索すれば、エイズ研究の専門家で、ノーベル賞のほかラスカー医学賞、シェーレ賞、ガードナー賞、ファイサル王医学賞、ハイネケン医学賞、アストゥリアス皇太子医学賞、そして日本の「国際賞」など、彼に世界各国から数々の賞が授与されていることがわかります。

もっとも気になるのはインタビューの中で、「新型コロナウイルスが武漢で発生する直前に、数週間中国に滞在していた」と話したことです。「なぜ？」と聞きたくなります。調べてみると彼は、二〇〇八年のノーベル賞受賞後に上海交通大学の専任教授になり、また二〇一八年には中国仏山科学技術学院の名誉教授になっていて、そこで「リュック・モンタニエ実験室」も設立したのです。テドロスに負けず劣らず、BLUEの典型的なケースではないかと思われます。

GOLD――金による買収攻勢

買収といっても、直接、現金をあげるだけではなく、「市場での利益」をほのめかして籠絡する戦略があります。例えばビジネスマンに「私に協力すれば、中国でこれだけの利益を保証します。中国で会社を作りたければ、一番いい条件を提供できますよ」と言って誘う。「うまい話には裏がある」と言いますが、一度でもそんな話に乗ったら、抜き差しならなくなります。

先ほども述べたように、アメリカの公共放送「ボイス・オブ・アメリカ（VOA）」が当初、三時間の予定だった郭文貴のインタビューを一時間で打ち切ったのは、トップのアマンダ・ベネットのご主人が中国でビジネスを展開していたからだと囁かれました。生放送中に中国の大使館から連絡があり、「早く切れ」と命令されたらしいのです。

ＶＯＡは公共放送、アメリカの人々の税金によって経営されている放送局です。そんな機関までが、中国当局の横槍に従ってしまったのか、敷衍《ふえん》すると、アメリカ上層部に対する操作が、オバマ政権までは、かなり食い込んでいたことでしょう。

中国の「宣伝工作」も威力を発揮しています。ＶＯＡだけでなく、例えば『ニューヨーク・タイムズ』の元中国特派員の記事が、明らかに中国寄りだったりする。中国駐在の間に、何らかの便宜供与があったのではないかと、勘ぐりたくなります。

たびたびテドロスの名前が登場しますが、今回のパンデミックの責任で、テドロス辞職を求める声が高い中、世界中の一〇〇万人が署名活動に参加し、アメリカもついに「ＷＨＯへの資金拠出を停止する」と発表しました。それを受けて、中国はそんなアメリカを強く批判する一方、さらに三〇〇〇万ドルをＷＨＯに寄付することを表明したのです。

中国とテドロスとの関連では、こうした公式的な「金」の応酬以外に「袖の裏」のようなやりとりも想像してしまいそうです。テドロスがここまで中国の操り人形になったのには、「金」以外にも「共産主義者」という〝隠れ身分〟があるためではないかと囁かれています。

「テドロスは、エチオピア保健相に就任する前に『エチオピア人民革命民主戦線』に加わり、メンギスツ政権打倒を目指した。当時の研究によると、同戦線は毛沢東思想の影響を強く受け、中国もこれを支援していた。ある在米のアフリカ研究者は『彼は根っからの共産主義者だ』と評する」というものです。

YELLOW――ハニートラップで籠絡

中国の仕掛けるハニートラップは、いまや世界中で有名です。楊瀾《ヤンラン》という、中国でもっとも有名なテレビの司会者がいて、彼女はもともとアメリカ留学の経験があって、英語に堪能。いろいろな有名人をインタビューすることが多いそうです。郭文貴の暴露によれば、インタビュー後、相手の控え室に押しかけて、誘惑に行くらしいのです。有名な事例は、駐中国のアメリカ大使、ゲイリー・フェイ・ロックという中国系アメリカ人ですが、楊瀾のインタビュー後、しばらくして離婚してしまったのです……。「楊瀾のハニートラップのせいだ」と噂されています。

楊瀾のご主人はブルーノ・ウー（呉征）というアメリカ国籍の中国人。メディアコンサルティングの会社を経営し、ロビイストとして活躍していますが、アメリカ国籍を持つ人間が外国のために働くのは、アメリカでは違法です。そこで彼はわざわざ登録して許可を受け、中国の権利を代行しているのですが、郭文貴は「ロビイストどころか、彼は明らかなスパイだ」と語っています。

ちなみに、二〇一九年一二月、フロリダ州パームビーチにあるトランプ大統領の別荘「マール・ア・ラーゴ」に中国人の女性が不法侵入した事件がありました。ここに不法侵入した中国人が逮捕されたのはこの年二度目。不法侵入後に警備員が退去を命じたのですが、再び戻って写真を撮り始めたため、警察が逮捕したそうです。マール・ア・ラーゴでは同年三月にも、別の中国人の女が不法侵入容疑で逮捕されています。それを送り込んだのがブルーノ・ウーではないかという説もあります。でもスパイにしてはやり方が稚拙なので、私は疑問に思っていますが。

それはともかく、楊瀾とブルーノ・ウー夫妻がこれだけ暴露されても、アメリカ当局は何の措置も講じなかった。これも私には不思議で仕方ないのですが。

いずれにせよ、中国は分野に限らず、世界中のハイレベルな人材を自国に招聘する「千人プロジェクト」を実施しています。巨額の報酬と便宜供与で、国際的な影響力を持つ科学者を招き、共産党のために働いてもらおうという計画で、主要な武器は「B」と「G」

ですが、ときには「Y」も有効な手段になることは疑うまでもありません。

孔子学院と留学生千人プロジェクト

文化面で中国の対外工作の重要な一面を担うのが、「孔子学院」です。世界各地に設けられています。

孔子学院自体は、中国政府が主に諸外国に対する中国の宣伝と、〝文化的浸透〟を目的にし、シンパシーを持つ人材を育てるための学院です。いまのところ日本では、早稲田大学や立命館大学など一五校ほどに設けられているようです。わが国ではまだ大きな問題になっていませんが、この組織は国外に派遣する〝スパイ〟の受け皿のような役割も担っているようです。

また「千人プロジェクト」には、海外の中国人留学生も含まれていて、彼らの任務は「海外の先端技術を盗み出す」こと。特に海外の先端技術分野の博士課程などで学んでいる人は、その疑いが濃厚です。自分自身で最先端技術を研究して持ち帰ったり、あるいはその分野にいる優秀な人材に近づき、「BGY」などを使って、籠絡させるのです。

二〇一八年一二月、アメリカ・スタンフォード大学の中国人教授で、核物理学の世界的権威・張首晟《ちょうしゅせい》という人が突如、自殺するという事件がありました。

彼は単なる学者ではなく、中国政府や要人、人民解放軍に近い人だったそうで、中国には「国家一等貢献賞」という賞があり、中国国内では「名誉あるもの」とされていますが、「中国政府べったり」の立場を証明するような賞なので、受賞を喜ぶ人は少ないのが現実です。でも彼は辞退せず、賞を受け取っています。そして「千人プロジェクト」の中心的人物で、中国科学院のメンバーでもあります。

郭文貴によれば、上海出身の張首晟は、党内の上海閥との関係が強かったそうです。上海閥は中国政府・軍・インテリジェンス・経済分野に大きな影響力を持つことが知られていますが、その利権は巨大で、世界的企業ファーウェイも、上海閥のハイテク分野支配の一端を担う存在だといいます。

二〇一八年一二月、ファーウェイのCFOで副会長の孟晩舟《もうばんしゅう》が、カナダ当局に逮捕されました。罪名は「スカイコム」というペーパーカンパニーを通じて、アメリカが取引を禁じているイランと取引した容疑。父親の任正非《じんせいひ》ファーウェイCEOは元中国人民解放軍出身で、軍部と政府に太いパイプを持つ人物。孟晩舟はその娘ですが、「単なる起業家ではなく、人民解放軍の身分も維持している人物」だそうです。彼女にもスパイの疑いは捨てきれず、逮捕された時点で、パスポートだけでも十数個を所持していたそうです。

そして張首晟の自殺は、この孟晩舟の逮捕と関係があると、郭文貴は述べています。

「彼の自殺は中国共産党に仕組まれたものだ。ファーウェイの全貌を知る張首晟が、アメリカ当局の追及を受けて情報提供をすることを恐れ、口封じのために殺されてしまったのではないか」というのが郭文貴の見方です（『SAPIO』二〇一九年一月二日号）。

真相はまだ藪の中ですが、ともあれ、「千人プロジェクト」に従って海外で違法に情報を収集し、アメリカとカナダで捕まった中国人科学技術者は、驚くほど多くの数に上ります。

「政治閥」が中国経済を牛耳る

ところで、上海閥は政府・軍・インテリジェンス・経済分野に大きな影響力を持つと述べましたが、中国では「政治閥」が、各方面の利権を握っていて、そこで莫大な利益を上げています。

先ほど述べた「紅黄藍幼稚園」をはじめとする教育分野は孟建柱ですが、健康福祉関係を牛耳っているのは、中国共産党中央政治局委員、国務院副総理の劉延東《りゅうえんとう》とその一族です。

二〇一八年あたりから、「赤ちゃん用の予防接種が毒で汚染されている」というニュースがありました。それ以来、富裕層は中国製を使わず、上海の金持ち専用の予防接種の病院などでは、日本から輸入したワクチンを使ったりしているといいます。とても高価で、中国製の何倍もするそうです。

でも富裕層はともかく、一般庶民は中国製品を使わざるを得ない。幼児用の粉ミルクにしろ予防接種のワクチンにしろ、生産しているのは、中央政治局委員の劉延東一族。

そして金融関係は江沢民一族、エネルギー関係は習近平の息がかかった勢力、そして例えば火葬場、墓地、養老保険、幼稚園などは曽慶紅《そうけいこう》が牛耳っています。

ちなみに、人が死ねば、火葬場や墓地が必要になります。実は昨年あたりから、中国では香港の隣の深圳、広東省などで火葬場の建設ラッシュがありました。私は、これも香港のデモ弾圧や、新型コロナウイルスで大量に人が死ぬということを想定していたのではないかと思ってしまいます。

海南航空を支配していた帝王・王岐山

二〇二〇年の二月、中国の海南省政府は、海南航空を運営する「海航集団（ＨＮＡ）」が新型コロナウイルス流行の影響で債務を返済できなくなったことを受け、海南省政府の管理下に置くと発表しました。事実上の破綻です。

海南航空は、一九九三年に中国海南省政府が一〇〇〇万元（一億五〇〇〇万円）を出資して創設した航空会社ですが、二〇一六年までに資産が一万倍の一〇〇〇億元という驚異的な成長をしただけでなく、政府出資の国有企業のはずだったのに、いつの間にかに民間になってしまった企業です。

創設してからずっとトップの座にいた王健《おうけん》と陳峰《ちんぽう》の二人は、ともに一九八〇年代から王岐山の部下として働いていましたが、王岐山の出世に伴い、海航集団の董事長（ＣＥＯ）となり、表舞台に立つようになりました。

しかし彼らは、あくまでも王一族の資産を代理しているにすぎず、実の筆頭株主は王の甥・姚慶《ようけい》（王岐山の妻の兄弟の息子）で、また貫君《かんくん》、劉呈傑《りゅうていけつ》などという王岐山の私生児たちが所有する「Hainan Cihang Charity Foundation」という持ち株会社がバックにあります。そして海南航空にはボーイング787、ボーイング737、エアバスA319など、王一族専用のプライベート機が少なくとも三機あり、彼らはこれを使って、二〇一二年から頻繁に欧米に飛行しているそうです。

ではたして、海南航空の資金はどこから来ているのでしょうか。

海航集団は「抵当貸し」の手法で資金を集めてきました。一〇〇％は中国国内の銀行からの融資で、その融資額は二〇〇〇億元に上り（二〇一七年の郭文貴に暴露された時点）、王一族がすべて海外に持ち出したといいます。最初から返済するつもりなどなく「不良債権」として一度「中国建投（中国建銀投資有限責任公司）」に移して処理してしまうのです。

この「中国建投」は国有企業だったのですが、王岐山のコントロール下で、のちに甥っ子の姚慶の名を使って「不良債権処理」会社「吉艾公司」などが設立された結果、私物化されてしまいました。つまり王岐山は中国の国有資産を自分の個人資産にする道具にしてしまったのです。

郭文貴の暴露によれば、過去二〇年間（二〇一七年のことなので逆算して一九九七年からの二〇年間と考えられます）だけでも「中国建投」が処理した不良資産は五〇〇〇億元ほどあったとされています。二〇一一年、中国国家安全部は一度、海航集団について調査しましたが、その調査結果報告書は孟建柱の手に渡り、波風も起きずに収束してしまいました。その後二〇一七年までのおよそ五年間で、資産はさらに設立時の「二万倍」に膨れ上がっています。

莫大な資金が海外に持ち出され、海航集団は欧米で「企業買収」を始め、二〇一六〜一七年にかけてドイツ銀行の株を大量に買い占め、ついに筆頭株主になりました。おそらくマネーロンダリングなどの便宜を視野に入れたものと思われます。

しかも本業の「航空事業」のほかに、裏では中国の国有資産を海外に盗み出してマネーロンダリングを行い、また欧米政財界の要人を買収し、海外で暗躍する中国人スパイたちへの資金提供など、様々な「犯罪」を犯してきました。

二〇一七年、その闇が郭文貴に暴かれるようになって、内部で大きな亀裂が生じたようで、そのトップの一人、会長・王健は二〇一八年七月三日、フランスで不審な死を遂げました。その前後に、王岐山の私生児である孫瑶《そんよう》の銀行口座に、二度にわたって計一五億ドルが振り込まれたそうです。

再度申し述べておくと、王岐山は金融担当の政治局常務委員として、長らく中国の金融界に睨みを利かせてきた人物です。つまり王岐山は、合法・非合法を含めて集めた資金を海航集団に注ぎ込み、ファミリー企業を支えてきたという構図が浮かび上がります。

繰り返しますが、二〇二〇年二月、巨額債務を抱える海航集団は経営破綻しました。海航集団の今後については、『日本経済新聞』は「これまで経営難に陥った海航を国営化するとの見方も浮上していたが、海航の経営に政府が関与する体制が固まった格好だ。グループの中核上場子会社で航空大手の海南航空は、海航から『決して（政府による）企業接収ではない』と説明を受けたとしている」と報じています。

海航集団創業者・王健の暗殺

その海航集団の創業者で会長だった王健は、いまから約二年前、前述したようにフランス南部のプロバンスで死亡しました。公式には、教会で写真撮影をしようとしたときに足を滑らせて転落死したとなっていますが、真偽のほどは定かではありません。ほとんどの関係者が「暗殺」だと考えています。

郭文貴は数度調査チームを現地に送って、独自の調査をし、二〇二〇年春節のユーチューブのライブで、調査した内容の一部を披露しました。中には王健が死ぬ前夜に泊まっていたホテルの監視カメラの映像に王岐山のボディーガードが映ったものや、死体袋が閉まるのを感じ取って、一筋の涙がこぼれ落ちる王健の顔が映った写真もありました。つまり、そのとき、王健はまだ死んでいなかったのです。

なぜ、それが明らかになったかというと、殺害を実行した人たちが上司に報告するために写真やビデオを撮影したからです。どういう経緯なのかは不明ですが、郭文貴はその一部を入手したようです。

海航集団の隠れた業務は、王岐山とそれに連なる腐敗官僚の汚職やマネーロンダリングの手助けをすることや、隠し子の処遇だったと言われています。王岐山は、便宜を図った見返りに海航集団を実質支配していて、隠し子を筆頭株主に据えています。もちろん自分自身も大株主です。

実は海南航空には王岐山のプライベートジェット機が三機あると書きましたが、それを使って蓄えた資金や骨董品を海外に運び出していたといいます。その中には、彼が〝粛清〟して没収した政敵の資金も含まれている可能性が高いのです。

王健は、もとが中国のＣＩＡである国家安全部の出身。中国の海外でのスパイ活動情報を握っていたし、「盗国賊」たちの資金の流れを熟知する人物です。郭文貴は王岐山一派を「盗国賊」と呼びますが、その字そのままに、王岐山一派は、海航集団と一緒になって、私腹を肥やしてきたのです。

海航集団が盛んに行ってきた欧米大手企業の買収資金の出所は、中国大手銀行からの借り入れでした。明らかになっただけでも、約一兆元（一五兆円）。しかもこの融資はほぼ無審査だったと言われています。銀行が王岐山の威光に逆らえるはずがありません。

王岐山は江沢民の上海閥の一員でもあります。また、アメリカなど海外機関は、王健と海航集団にまつわるスパイ疑惑と異常なマネーロンダリングには、各国とも疑惑の目を向けており、調査対象となっていました。それゆえ、王健は口封じのために殺されてしまったというのが真相に近いようです。中国の海外スパイ網と、「盗国賊」の利益を守るために、転落死させられてしまったというわけです。

それと軌を一にするように、ＩＣＰＯ（国際刑事警察機構）の総裁を務めていた孟宏偉《もうこうい》を収賄などの容疑で捜査していることを明らかにしました。彼も王健暗殺に関わっているという疑いがあり、当局の発表後、〝失踪〟してしまいました。

王健暗殺の秘密だけでなく、国際警察のトップとして、マネーロンダリングの情報を集められる立場にいる孟宏偉が、王健暗殺以外にも、何らかの重大な秘密を握ったのかもしれません。「その件に関連した失踪」という観測が強まっています。

ちなみに、王岐山の妻は、姚依林《よういりん》元常務副総理（第一副首相）の娘・姚明珊《ようめいさく》です。一九八〇年代後半、カリフォルニアのいくつかのエリアに広大な土地を買い、所有しています。

可哀想なのは、何も知らずに働いてきた海南航空の社員たちです。王岐山と海南省政府は、彼らにどう向き合うのでしょうか。

ファーウェイは「軍事スパイ企業」そのもの

「5G」で世界の先頭を走っているとされるファーウェイは、上海閥によるハイテク分野支配の一端を担う企業だと述べました。このファーウェイは民間企業となっていますが、内実は人民解放軍が牛耳っている企業です。そのCFOで副会長の孟晩舟は、「イランへの物品供与」の容疑で国際手配されていて、二〇一八年、トランジットでカナダに立ち寄った際に逮捕され、その後、ファーウェイ企業の「正体」および、その製品（携帯電話から5Gシステムまで）や技術を使って、他の国の国家機密を集め、情報を不正に収集していたことなどが徐々に明るみに出ました。

私が聞いたところでは、ファーウェイの製品には「裏口」があって、例えばファーウェイ製のスマートフォンを使っていると、その情報がすべて中国側に筒抜けになるそうなのです。

いわばファーウェイは、中国共産党の〝世界支配〟のために、経済的侵略やスパイ活動を担う企業なのです。これについても郭文貴はファーウェイの他に、「IT大手のテンセント、アリババ、海南航空の海航集団、総合企業グループの保利集団、保険や金融の大手・平安保険グループ、軍事企業の中国兵器工業集団」なども挙げています。

現在、イギリスやドイツなどでは「ファーウェイの5Gを取り入れる」ことを検討していますが、アメリカ側は「もしファーウェイの5Gを採用するなら、情報共有はできなくなる」と警告しています。情報が筒抜けになってしまうと、国家の安全保障が成り立たなくなるからです。

「アリババ」の電子マネーで情報が江沢民一派に筒抜け！

「アリババも、スパイ活動を担う企業の一つだ」と、郭文貴は名指ししています。アリババの創設者・馬雲《ばうん》、英語名ジャック・マーは、中国本土の起業家で初めて『フォーブス』に名前が掲載された人物ですが、江沢民一族に繋がる存在です。

簡単に言えば、アリババは中国版のアマゾン。アメリカでも上場していますが、ビジネスモデルをそっくりコピーしただけで、オリジナリティがまったくありません。しかも扱う商品は中国特有のコピー商品ばかり。

でもアリババは「アリペイ」という電子マネーシステムまで構築しています。これが怖いのです。電子決済の情報などを軸に個人の信用度を数値化し、市民をランクづけするシステムを導入しています。アリババの『アラビアンナイト』の呪文「開けゴマ」をもじって「ゴマ信用」と命名されています。この情報は警察当局に渡り、当局の〝治安維持〟にとても役立っているそうです。

ネットで買い物をするためにアリババを使えば、その人が何を購入し、月にどれくらいお金を使っているかがわかってしまう。どの程度の生活水準なのか、趣味や興味の方向性までわかってしまう。どんな生活をしているのか、どこからどこに移動するのかが一目瞭然。公安当局は、そのすべてを把握できる。そういう世の中に、現在の中国はなっています。

いまのところ、中国で警察・公安分野を牛耳っているのは江沢民一族。警察・公安が入手した情報やビッグデータが江沢民一族に把握され、回り回って、彼らの蓄財を助けることになるという説もあります。もし本当だとしたら、考えただけでゾッとします。

ちなみに、アリペイで数値化された信用スコアは九五〇点満点で、チェック項目は、資産や収入はもちろん、学歴、職歴、消費習慣、犯罪歴や借金の有無、日頃の素行（言動、暴力の傾向）など、多岐にわたるそうです。信用スコアの範囲は三五〇〜九五〇点。七〇〇〜九五〇点が「極めて優秀」、六五〇〜六九九点が「優秀」、六〇〇〜六四九点が「良好」、五五〇〜五九九点は「普通」。そして三五〇〜五四九点は「劣る」の五段階に分かれています。

普通の市民生活を送るのには「六〇〇点以上」が必要だとされ、四〇〇点を下回ってしまうと、飛行機や電車、タクシーなどの利用を断られたり、就職口や結婚相手も見つけにくくなると言われます。江蘇省では、娘が小学校の入学を断られたりするケースも現れているそうです。

また、中国人が現在連絡手段としてよく使っているものに「微信（ウィーチャット）」があります。ＬＩＮＥのようなもので、民間企業のサービスですが、確実に公安に情報が筒抜けになっていると考えて間違いないでしょう。誰とどんな交友関係があるのか、どんな会話をしているのかなどについて、把握されている可能性が高い。しかも画像や音声連絡まで押さえられているといいます。

新型コロナウイルスの余波で、世界的不況が進行する中、貧富の格差がますます激しくなることが予想されます。世界中の大多数が「普通以下に転落する」と予想される中で、権力を手中にし、腐敗に手を染める集団だけが「わが世の春」を謳歌できるなんて、そんな理不尽なことが許されてよいのでしょうか。

江沢民自身は政界を引退して随分経ちますが、隠然たる勢力を保っています。資金と情報という武器を江沢民一族は握っているから強いのです。

いまのところ、習近平がいくら胸を反らせても、江沢民にはかなわない。だから習近平が実権を奪おうとして、江沢民勢力を壊滅させようとしているのです。

「一帯一路計画」で透けて見える〝世界支配〟の野望

新型コロナウイルスの影響でこの先どうなるかわかりませんが、中国はこれまで「一帯一路計画」を推進してきました。実際、中国の作った一帯一路の世界地図を見ていると、「一帯」（陸路）では主にエネルギー、石油産出国に広げ、「一路」（海のシルクロード）では、アジアからアフリカまでの重要な港を拠点に結んでいくという戦略が見えてくるような気がします。その戦略は狡猾極まりないものです。

例えば、まず港湾整備やインフラ整備、資源開発に大金を融資し、相手国を借金まみれにしていく。その国には簡単には返済できないような巨額の資金を貸し付けて、そのお金で港湾、道路、電力網などを整備していきます。実際の施工を担当するのは中国企業です。地元企業にはそんな力はなく、せいぜい、中国企業の下請けになる程度です。

そして返済時期を迎えても、新興国には返済する余力がない。場合によってはGDPの何倍もの借財を背負うことになり、到底返せるはずがなくなってくるのです。

すると中国は、整備した港湾を使用する権利を獲得する。一昔前の「租借権」です。二

○世紀初頭、中国が欧米列強にされた仕打ちを、今度は新興国を相手にしているわけです。

こんな形で、スリランカ、セーシェル、ベネズエラは破綻寸前にあります。これも、前に述べた「G」（お金）のトラップの一種です。

話は変わりますが、今回の新型コロナウイルスの拡大ルートをたどっていくと、イラン、イタリア、ベネズエラ、ブラジル、メキシコといった具合に、アメリカを包囲するような形で感染が拡大していったような気がします。もしかしたら、中国がアジア、ヨーロッパ、南アメリカという具合に、アメリカを包囲する拠点を設けていった可能性があることが、よくわかります。

こんな話があります。イタリアが爆発的に感染拡大する前、スウェーデンでは感染者がたった一人だったそうです。そのときにイタリアで大きなスポーツ大会が開かれ、たくさんのスウェーデン人やデンマーク人が訪れた。少し長い休日期間だったので家族連れで観戦に出かけてしまった。そして帰国したら、あっという間に感染爆発してしまった。アイスランドも同様だそうです。

ドイツは中国と協力関係にあるから、人的交流が多い。イタリアも同じで、中国はこのヨーロッパの南の地を拠点にしたのではないでしょうか。そんな形で、意図的に拡散していったと思えてなりません。中国のやり方を見ていると、そういうふうに疑われても仕方がないのです。

しかも新型コロナウイルスに伴う経済政策をめぐって、ＥＵに亀裂が走りかけていますが、中国はそこにも付け込もうとしています。例えばバルカン半島のセルビア。セルビアはＥＵ加盟を目指していますが、加盟条件には制約が多く、セルビアなど西バルカン諸国からは不満の声が上がっています。また新型コロナウイルス対策に対しても、新興国ゆえの脆弱性が見られます。

中国はそこに付け込んで、新型コロナウイルス対策を含む大量の支援物資を提供し、多額の資金援助もほのめかしています。大規模開発を望む東欧諸国が、喉から手が出るほど欲しがっている多額投資の担い手として、急速に存在感を増しているのです。ＥＵの動向次第では、「東欧の親中国家」として、厄介な存在になるかもしれません。

台湾総統選挙に〝隠れ共産党候補〟を擁立

台湾の総統選挙に、まだ誰が出馬するかも決まらないうちに、中国共産党の意向を受けた総統選候補が選定されていたと、郭文貴が暴露しています。一人は台湾の実業家の郭台《かくたい》銘《めい》、次は最後まで現職の蔡英文総統と争った韓国瑜《かんこくゆ》、そして柯文哲《かぶんてつ》。郭文貴は隠れ共産党候補は郭台銘と韓国瑜だと明言しました。

当初、郭台銘は記者会見で出馬を否定しましたが、舌の根も乾かないうちに「夢の中に神さまが現れ、出馬しろと命じられました」と。つまり郭台銘と韓国瑜は、国民党の候補というよりは中国共産党の候補のようなものでした。

その裏で、この総統選挙に関わった工作員の一人、王力強《おうりききょう》という人物が、二〇一九年、オーストラリアに亡命しました。彼の手法はネットを駆使してフェイクニュースを流したりして、世論をミスリードしたり、攪乱させる方法です。オーストラリアのテレビでこのドキュメンタリー番組が放送され、詳細に明かされました。

結果としては、香港の時代革命の影響もあって、「親中派」でない蔡英文が再選されました。でもその裏で、中国共産党が様々に介入していたことがわかりました。

王力強がなぜ、オーストラリアに亡命せざるを得なくなったのかを、彼はテレビで語っていました。それによると、「自分には家族も子どももいるので、こういうことは、もうやりたくない。祖国中国も、一刻も早く自由で平和で民主的な国になってほしい。自分も行為を恥じない人間になりたい」というものでした。いまはオーストラリア政府の庇護下で、安全に生活していると思います。

ちょうどこの王力強がテレビのインタビューに答えている時期に、直属の上司が夫婦で台湾を訪れていて、この夫婦は台湾の空港から香港に戻ろうとしたところ、逮捕されてしまいました。スパイ容疑です。

WHOテドロス事務局長も「BGY」に負けた?

WHOのテドロス事務局長のことは前にも書きましたが、「とかく中国寄り」だと批判を浴びています。業を煮やしたアメリカのトランプ大統領が、WHOからの脱退を決めたほどです。

中国と親しい証拠に、彼には中国名があって、「譚徳塞《たんとくそく》」と言います。この中国名は王岐山によってつけられたそうです。

「一帯一路政策」を取る中国政府は、アフリカに多くの支援をしていますが、中でも最大の援助対象国が、彼の母国のエチオピアです。

彼はエチオピアでも保健相などを歴任したのですが、南スーダンとエチオピアでコレラが発生したときにも隠蔽工作をしています。今回の新型コロナウイルスが初めてではないのです。

母国の外務相を経てWHOの前任の香港人の女性の後を受け、事務局長に就任します。中国共産党の強力な後押しがあったというのは有名な話です。

実はWHOに関連して、いろいろな基金があります。利益が複雑に絡み合っているので、それもあって彼は中国の飼い犬になったのです。全世界に中国製の「生物兵器」を広げた張本人の一人だと、私は思っています。

いま世界中で大勢の人が亡くなり、どの国も経済的な打撃を受けて苦境にあえいでいます。この新型コロナウイルスという災厄について、私は中国共産党独裁政権はもちろん、テドロスの責任も追及しなければならないと思います。

確証があるわけではありませんが、テドロスは、当初から新型コロナウイルスの拡散を知っていたのだと思います。中国から、指図されていたのだと考えています。

公式の場で発言するたびに、「中国は素晴らしい」「いい仕事をしている」と中国礼賛。

こんな事態を引き起こした中国を褒め讃え、「ほかの国も中国の経験に学ぶべきだ」などと言い放つなんて、国際人としての常識に欠けているとしか思えません。

おそらく、何らかの「袖の下」が中国から流れているのでしょう。弱みを握られているかもしれない。先ほど説明した「ＢＧＹ」のすべてに関わっているのかもしれません。

5

中国人へ、覚醒のすすめ

天安門事件から三〇年を経て

二〇一九年は、天安門事件から三〇年に当たりました。ご存知でしょうが、この事件は一九八九年六月四日、「民主化」を求めて北京の天安門広場に集まった市民や学生に向かって、人民解放軍が発砲し、多数の死傷者を出した事件です。「人民解放軍」というからには、「人民を守る」のが本来の任務のはずです。しかし時の権力者・鄧小平《とうしょうへい》の命令一下、その人民解放軍の銃火が、人民に向かって火を噴いたのです。

私の脳は怒りで沸騰しそうになり、胸は悲しみで張り裂けそうでした。

私は当時、日本に留学していましたが、急いで北京に向かいました。そして事件の空気を肌で感じ、日本に戻った後、中国の民主化運動と犠牲になった多くの人たちへの鎮魂の思いを込めて、『時が滲む朝』という小説を書きました。幸運なことに、この作品は芥川賞をいただくことができました。

当時、中国では国家の「民主的改革」を熱望する気運が高まっていましたが、その改革派の指導者が胡耀邦《こようほう》共産党総書記でした。彼はその年の四月に死去し、その追悼のために市民や学生が集結し、それが民主化要求運動に発展していったというのが、天安門事件の経緯です。

しかし中国当局はこれを「騒乱」と見て北京に戒厳令を敷き、結果、人民解放軍が武力で市民や学生を弾圧したのです。当局は死者を三一九人と発表していますが、実際の数はその数倍もいるのではないでしょうか。当局に拘束されて〝行方不明〟になった人も相当な数に上り、危機を感じて、あるいは祖国の体制に絶望して海外に亡命した人も少なくありません。

あの運動は「民主化運動」と形容され、特に日本のメディアでは「反体制運動」と誤解されています。しかし実態は決して反体制運動ではなく、「国をよくするための愛国運動」だったのです。「民主化」を具体的に意識して参加した人がどれだけいたか。それよりは貧しい生活への不安や、不平等への不満を感じて、社会が変わることを期待していたのです。決して「反体制運動」ではなかったことの証拠に、デモの最中でも学生たちは「義勇軍行進曲」や「共産党就是好」などの〝愛国歌〟を歌いながら行進していたのです。

天安門での抗議活動の出発点は、「汚職官僚を追放しよう」というものだったと思います。社会にはびこる不正や不平等を是正すれば、中国はもっとよくなると、共産党政権に期待したのです。

しかしその希望は、一瞬にして砕け散ってしまいました。大量の流血と、市民の叫び声とともに……。

実は中国が抱える問題は、それほど単純ではなかったということです。いまから考えれば、中国の政治体制そのものを疑う必要があったのです。

北京再訪「我愛北京天安門」

事件から時が経ったいま、舞台になった天安門広場はどうなっているのだろう……事件後三〇年を前にして、「北京に行きたい」という気持ちが急速に膨れ上がってきました。多くの若者が血を流したあの広場は当時のままなのか、彼らの「青春」が虚しく散ったあの町は、私の記憶のままなのか、確かめてみたくなったのです。

そして二〇一九年の五月下旬、私は北京国際空港に降り立ちました。天気は晴れ、気温は三四度。くすむ空気のせいで空の青が見えません。車で天安門近くまで行くと、広場は厳戒態勢が敷かれ、何重ものバリケードに囲まれた広場の中を、観光客が気だるそうに歩いています。私の脳裏には「大勢の人で賑わう広場の様子」があったのですが、それとはまったく違った光景が広がっていました。

車の温度計を見ると、舗装された広場付近は、もう四二度に跳ね上がっていました。うだるような暑さの中、バリケードの間を縫って入り口へ歩き出すと、懐かしいメロディーが聞こえてきたような気がしたのです。「我愛北京天安門（私が好きな天安門）」です。

「我愛北京天安門　天安門上太陽昇　偉大領袖毛主席　指引我們向前進」（我が愛する北京の天安門、天安門の上に朝日が昇る。偉大なる指導者毛沢東主席が、我々を前へと導く）

私は中国東北部のハルビンに生まれ育ち、二〇歳になるまで北京に行ったことがなく、天安門も小学校の国語教科書でしか見たことがなかったのです。子どもの頃、この歌を唄いながら、本物の天安門を一度見てみたいと憧れていました。また、周囲から聞かされていた「祖国・中国が世界のどこにも負けない立派な国家」で「誇り高く前に進んでいる」という話を疑うことはありませんでした。

冷酷な銃弾が撃ち抜いた「愛国」の希望

一九八九年、民主化運動に参加するため、天安門広場に立ったとき、かつてないほど胸が高まりました。「国が変わる」という希望が見えたからでしょう。

しかしこの事件以来、天安門事件を意味する「８９６４」という数字はタブーになって、単なる日付としてネットに書き込むことさえできなくなってしまいました。

その一方で、「我愛北京天安門」は、いまも歌い継がれています。とりわけ北京オリンピックのときのように、愛国心を煽りたい節目になると、時代に合わせて流行歌風にアレンジしたバージョンや、動画バージョンが、ネットにたくさんアップされます。「天安門を愛する教育」は、私たち文革世代のみならず、最近の子どもたちにも徹底されているようです。

私は一九八七年に来日したので、八九年の天安門事件の始まりは日本で知りました。五月の初めぐらいから、いろいろな噂が耳に入ってきて、好奇心が強い私は、「とにかく北京へ行ってみたい」という思いが捨てきれなくなってきました。当時の中国は「眠れる獅子」にたとえられていて、重苦しくて、自由にものが言えない時代がずっと続いていたので、「あ、これで変わるかもしれない」という期待感があったのです。

あれだけの人が街に出て、運動を繰り広げていたのも、メディア関係者や中央テレビのアナウンサー、有名大学の教授などが実名で運動を支持していたのも、「これで国が変わるかもしれない」と期待を込めていたからでしょう。

私は、同じく日本に留学していた友人と一緒に、五月二七日に中国に戻り、いったんハルビンの実家に帰って「この熱気は国を変える」と妹を説得し、連れ出して北京に向かいました。事態は切迫していました。六月三日の夜、北京に向かう経由駅である青島の駅に着いたら、もうすぐ北京行きの電車が止まるというのです。電車が止まる前に上京しなければ、と最後の北京行きの電車に飛び乗りました。

北京駅は、閑散として人が消えていました。数日前、私が日本から戻って、この駅から実家のあるハルビンに向かうときは、チケットを手に入れるのが困難なほどの人だかりだったのに……。

地下鉄も止まっているので、北京駅からバスに乗りましたが、天安門広場付近には止まってくれません。「軍隊が町に入ってくる」というので、市民がバリケードを築いたりしていたからです。バスは市民による通行検査でときどき止められ、乗客の素性を確かめられました。閑散とした北京駅とは対照的に、あれほど熱気にあふれる北京には、感動さえ覚えました。

すると、軍人の焼死体が吊るされている様子が目に飛び込んできました。ショックでした。鎮圧を目的に軍がたくさん市民を殺傷しましたが、軍の側にも犠牲者が多数出ています。「この焼死体は、部隊とはぐれた軍人が市民にリンチされ、歩道橋から吊るされたのだ」と当局は報道していたのですが、民衆の間では「〝暴乱事件〟だと印象づけるために当局が〝苦肉の策〟を自作自演した」という噂も流れてきました。

でも圧倒的に火力に勝る軍隊に市民の群れは蹂躙《じゅうりん》され、国の変革へのささやかな「希望」は、冷酷な銃弾に撃ち砕かれてしまいました。数多くの若者が、涙のしずくで北京のアスファルトを濡らし、私もその一人になりました。

『時が滲む朝』では、鎮圧された後の、そんな若者たちの意気阻喪ぶりをリアルに描いたつもりです。誰も「武力鎮圧などされる」なんて思っていなかったのです。その衝撃と失望は、なんとも表現できません。天安門事件は、私にとって初めての「自分の目で見た歴史」だったのです。

近未来の〝恐怖〟を先取りした都市・北京

話を戻します。二〇一九年に訪れたときに「愛する天安門」に向かって道路を闊歩していたら、制服を着た屈強の警察官に止められてしまいました。セキュリティーチェックです。「どうぞ」とパスポートを差し出して静かに待つこと一〇分、二〇分……どうして引っかかったのか、皆目、理由がわかりません。写真を撮った覚えもない。

警官は深刻な表情で、誰かと無線のやりとりをしています。遠目に見える天安門の赤が、どこか鬱血したような色にも見え、瞬く間に興が醒めてしまいました。結局、四二度という暑さに負けて、広場に入るのを諦めてしまいました。

広場南側の前門の商店街をブラブラしていると、お土産屋の店先にぶさ下がっている「I♥NY」そっくりの「I♥北京」のTシャツが、ひときわ目を引きました。

天安門事件は、人民に愛を強要するだけで、人民の愛を受け止める度量も自信もない政権の無様な姿を露呈した〝世界に恥ずべき〟事件です。そしてそれから三〇年、新型コロナウイルスにまつわる騒動を見るにつけ、「独裁体制は、その恥ずべき〝性格〟を取り繕う余裕すらなくなってしまった。もはや末期症状なのでは……」と、そんなことを感じながら、広場を後にしました。その後、新型コロナウイルスの騒動を見て、その思いは強まりました。

実は北京を訪れたのは一一年ぶりです。前回は北京オリンピックの直前、二〇〇八年八月のことで、街全体が巨大な工事現場のようでした。土ぼこりがひどく、とても観光どころではありませんでした。

それから約一一年、道路も街並みも整然としていました。でも特に目立つのは、街角のあちこちに据えられた監視カメラ。車で空港から市内に向かう途中、カーナビから聞こえてくる女性の合成音声は、ひっきりなしに「監視カメラがあるから気をつけて」というもの。確かに、柱という柱には増殖したがん細胞のように、監視カメラが付着しています。

それほど違法行為を働く人が多いのか、いや「違法行為を取り締まる」という目的に名を借りて、例えば前の章（一七六ページ）で述べたように、別の目的を持ってビッグデータを集めているのでしょう。

「天安門事件三〇年」ということもあって、街は厳戒態勢です。道路はどこも鉄柵で何重にも仕切られ、辻々に警察車両が止まり、特殊警察部隊、公安、保安など、様々な制服を着た警備の人間が立っている。

「生粋の北京人」と胸を張っていたホテルマンは、私が東京から〝戻ってきた〟というと、「もう戻ってこないほうがいい。ここは人間が住むような町じゃないよ」と嘆きました。

彼は一九九〇年代、南アフリカに暮らしていたというので、「南アは治安が悪いでしょう。警備が厳重な北京のほうが安心じゃない?」と冗談を言うと、「治安は悪いかもしれないが、南アの犯罪者はごく少数だ。でも北京では、俺たち全員が犯罪者扱いされているんだよ」と、またまた重く嘆くのです。

イギリスの作家ジョージ・オーウェルの『1984年』は、近未来の〝恐怖〟を描いた小説として有名です。社会が全体主義に支配され、市民の思想や思考、発言までがチェックされる、鳥肌が立つような怖い世界……いまの北京は、まさにその世界です。

ぬるま湯に浸かっている人間は権力の餌食になる!

北京滞在中、ふと「北京の若者は何を考えているのだろう?」という疑問が湧き上がってきました。日本のマスコミが報じるような〝豊かさを謳歌している〟若者もいれば、その一方で、貧しさにもめげず必死に頑張っている人もいるはずです。彼らは自分たちの未来を信じているのか、何を考え、どう暮らしているのかを知りたくなったのです。

そこで、雲南省から上京して一年という一九歳の青年に会いました。雲南料理のレストランに住み込みで、週に六日、朝一〇時から夜一〇時まで働いているそうです。

「雲南に比べて寒いのでつらいけど、北京は給料が高いから。入社時は月収三五〇〇元（約五万二五〇〇円）だったけど、勤務態度が評価されて、いまは四〇〇〇元（約六万円）。実家のある町の平均月収の二倍です。お金を貯めて、故郷に同じような店を持ちたい」

と、将来の夢を語ってくれました。

しかし、彼のように地道に歩いていける人間ばかりではありません。北京で二〇一七年に起こった「低端人口事件」のことは先ほども紹介しましたが、地方から出稼ぎに来ていた労働者が多く住むエリアの簡易住宅を強制的に取り壊し、住人たちを追い払ったのです。

言うまでもなく「低端（下級）」とは「高端（上級）」の対極の言葉です。日本でも「上級国民」「下級国民」という言葉が流行りましたが、中国のそれは日本の比ではありません。学歴や職歴、あるいはコネというパイプを駆け上っていけるのは一部のエリートか、生まれながらに上級国民として「金のスプーン」をくわえて生まれてきた人間だけ。

しかも、独裁体制で特権がはびこる社会なので、そのエスカレーターに乗れない人間は転落していく。下級にとどまったまま嘆きながら一生を終える。格差の広がり方は、日本人の想像をはるかに超えています。

考えてみれば、市民が天安門事件で激しい抗議運動を展開したのは、当時、すでに社会に不公平感が蔓延していたからです。中国社会はすべてがコネで動かされ、権力者たちの二代目、三代目が、地位もお金も独り占めする。それはその後も引き継がれ、習近平政権ではますますエスカレートする一方なのです。

「そんな格差は、もはや超えることができない」をテーマにした小説があります。二〇一六年に国際的な文学賞「ヒューゴー賞」を受賞した「北京　折りたたみの都市」（郝景芳《かくけいほう》著『郝景芳短篇集』所収・白水社）です。

この作品で、北京は貧困層、中間層、富裕層が住む空間の三つに分断されています。ゴミ拾いで生計を立てる主人公は、自分の娘のために危険を冒して上層の空間に潜入するという物語です。ＳＦタッチで迫力に富むストーリーですが、一方で作中人物が抱える悩みや生きづらさは、現代中国の人々が抱えるそれを、リアルに映し出しているように思えます。

雲南省出身の青年が語ったように、北京は首都であるだけに、労働者の平均月収は中国の都市の中でも一、二を争う高水準。だから地方から北京へ、「少しでも豊かになりたい」と願って人々が押し寄せます。しかし待っているのは「希望」だけではありません。夢破れて行方がわからなくなってしまう人や、失望して故郷に戻っていく人たちのほうが、圧倒的に多いのです。

それにしても、北京の街のこの物々しさは異様だと思って、ある大学生を相手に「北京は鉄柵と警察ばかりで不便だね」とつぶやくと、意外にも彼はいぶかる表情で「え、普通じゃないですか。いつもこうだから気にならない」と答えたのです。

その瞬間、背筋に寒気が走りました。バリケードと警官、監視カメラがあふれた社会が当たり前、それをなんとも思わないことのほうに、むしろ空恐ろしさを感じたのです。まるで「ぬるま湯でゆでられるカエル」のようです。

現在の中国は、一見、居心地のよさそうなぬるま湯のように見えます。それに浸かっている若者たちは、いずれ意識しないうちに「煮えて食い物」にされてしまう運命になるでしょう。

中国の指導者は、「社会主義による近代化」と「中華民族の偉大なる復興」という「中国の夢」を目標に掲げ、国民のナショナリズムを鼓舞しています。もちろんそれには「共産党の下で」という前提条件があります。しかし、新型コロナウイルスで世界中に大騒動が巻き起こっているいまは、釜が傾き、ひっくり返る寸前かもしれないのです。

それに気づかないのか、いや、気づきたくないというのが正解でしょうが、ぬるま湯に浸かって「中国の夢」を見ることだけに居心地のよさを感じているなら、必ずや、一握りの特権階級の餌食にされてしまうに違いありません。

私の中国経験は「苦難ばかり」

文化大革命に始まって、天安門事件、そして今回の香港の「雨傘革命」「時代革命」と、私の五六年の人生は、こうした〝悔しさ〟の連続だったように思います。日本に来て、平和で豊かな暮らしを享受できるのはとても幸運なことですが、でも心のどこかで、中国にも日本のような自由で法治の国になってほしいと思っています。なのに、失望させられるようなことばかり続いています。

それはまず、中国人としての不幸でもあるし、一人の人間としての不幸でもあるのです。そして私以上の〝悔しさ〟を味わっているのは、私の母です。まさに「迫害された人生」の連続です。

文化大革命の時代、土地持ちの地主は「反動階級」「反革命」として運動の標的にされ、地方の寒村に追いやられました。母の頭の中からは、その記憶が決して消え去ることはないでしょう。

母は中国共産党体制下の悲しい歴史を体験していますが、私も負けず劣らず、悲しい目に遭っています。例えば同年代の日本女性なら、生まれてこの方、お腹いっぱい食べられないなどという経験をした方は少数派でしょう。もちろん家庭環境は千差万別でしょうが、総じて〝ごく普通〟の家庭で育った方が多いはずです。彼女たちはアニメを観たり、漫画を読んだり、一家団欒《だんらん》を楽しんでいるとき、私は空腹を抱えたまま、隙間風が吹き込む酷寒の小屋の中で、ろくな布団もかけられないまま寝ていたのです。なぜ、これほどまでの差があるのか。それは私が、独裁国家に生まれたゆえの不幸なのだと思います。

私の現在のパートナーはスウェーデン人で、私の三歳年下。時々、お互いの子どもの頃の思い出を語り合ったりすると、天国と地獄ほども違うのに気づいて、愕然とします。

スウェーデンは一五〇年間、戦争をしていない国で、しかも福祉国家。世界でもトップレベルの平和で豊かな国です。子どもの頃は楽しい思い出ばかりのようで、彼は小さい時分からノルディックスキーなどのスポーツに親しんでいたそうです。私の子ども時代と、なんという違いでしょうか。

時折、「中国とロシアは怖い国だ」という話題になったりしますが、彼はあまり政治的な話題には興味がない。しかし、選挙の投票は一度として欠かしたことがないと語っています。

高度な民主主義の維持には、高度なレベルの住民意識が不可欠です。スウェーデン人の投票率は平均八五パーセントで世界一。そうして自分たちの民主主義や権利を守っているのです。

私は、とても感激しました。そして同時に、「なぜ私は、そういう国に生まれなかったのだろう」と、悲しくなりました。中国人は、そういう表現すらできない。直接選挙も言論の自由もないのですから。

でも現代中国人の多くは、それほど危機感を持っていない。先ほどの〝ぬるま湯に浸かりきっている〟青年のように、「いまはお金があるし、仕事もあるから、それでいいんじゃないの？」という感覚で、香港の時代革命に対しても、「なんであんなことやるの？香港なら美味しいものも食べられるし、自由に海外にも出られるし、何が不満なの？」と言うのです。もう少しエスカレートすると、「香港は共産党のおかげで経済が繁栄しているじゃない！　共産党や本土の人たちがいなければ、香港はすぐに吹っ飛んでしまうよ！」と、香港人の意識を批判したりします。

恐ろしいことです。共産党によって植え付けられたそういう意識が、じわじわと真綿のように、自分たちの首を絞めていくのに、それに気づこうとしないのですから。

でも、一方的にこれを責めるわけにはいきません。私自身も、国の外から中国を客観的に眺めるようになって、ようやく中国共産主義体制の腐敗ぶりや悪魔的な体質を糾弾することができたからです。それでも芥川賞受賞作である『時が滲む朝』は、まだ政府の立場を容認するスタンスをとっていました。「中国人は貧しいから、いまは多少我慢するのも仕方がない。地道に努力していけば、だんだんとよくなる」と、ごく自然に考えていたのです。

いまはそれを反省しています。当時は私の視野がとても狭く、中国の政治について知っていたつもりになっていましたが、本当にわかっていたのかは疑わしいのです。当時の自分の立ち位置からでは知り得る情報には限界があって、考えても正しい答えが見つからなかった。現状しか見えていなかったのです。

私自身、いまは日本で暮らすことができていて、地獄からは解放されています。しかし祖国を外から見ているのもつらいものです。いろいろなことを見たり聞いたりするたびに、幼少時の体験や、天安門事件の現場の光景がフラッシュバックしてくるのです。

特に、香港の時代革命、武漢の新型コロナウイルスのニュースが飛び込んできたここ一年ほどは、何もできない自分自身が悔しくてたまらず、半ば、うつ状態で過ごしていました。

共産党独裁政権の中国には帰りたくない

私は二〇一一年に日本の国籍を取りました。いまでも「なぜ日本で暮らしているのか」「中国には帰りたくないのか」という質問をされることがあります。答えは、「帰る気はない」です。理由は、中国の人権環境に失望しているからです。いや失望を通り越して、絶望に打ちのめされるくらいの状態と言っていいくらいです。

私が日本国籍を取ることを決めた出来事があります。娘を連れて故郷のハルビンに帰ろうとしたときのことです。直行便がないので瀋陽経由です。飛行機を降りて、空港でホテルを予約するカウンターに行き、宿泊するホテルを紹介してほしいと頼んだのです。「ＩＤを」と言うので、中国のパスポートを見せました。すると、「中国人だとパスポートは証明にならない。中国人の身分証明書を見せろ」と言われてしまった。でも私は日本在住なので、中国人の身分証明書は返してしまっています。出国すると無効になるのです。

日本に住んでいることも伝えたのですが、「国籍は中国だから」と言うのです。そうでないと瀋陽のホテルには泊まれないと。そこでカチンときて、「では外国人ならＯＫですか？」と聞いたら、外国人ならパスポートだけでホテルに泊めてくれるそうなのです。私の娘は日本人なので、彼女のパスポートを見せたら、今度は「この子は成人していないからだめだ」と言うのです。

困ってしまって、ではどうすれば……と相談したら、ニヤッと笑って「一〇〇元出してくれれば友人のＩＤを使って予約してあげる」と言う。袖の下です。一五〇〇円くらいならと思って、払いました。しかし連れていかれたホテルは四つ星レベルの値段なのに、とても汚くて匂いもひどい。床に絨毯が敷いてあるのですが、私は羊毛アレルギーなので絨毯がだめなのです。でも、ここしかないというので、泣く泣く泊まりました。

私はそれまでに何度も中国に帰っていますす。一〇〇元はともかく、パスポートを身分証明書として使えないなどということは初めて。理由を聞いたら「新しい政策が出た、知らないの？」と言うのです。「中国国籍の人はパスポートが身分証明書にならないから、必ずＩＤカードを使え」というお達しだそうです。

でも、本当にそう決められているかどうか、わかりません。おそらく彼は、ホテル側からもバックマージンをもらっているはずです。でもそこで言い争っても仕方ない。中国ほどおかしな国はないと思って、帰国後、すぐに帰化申請をしたのです。

現代中国は悪賢くないと生きていけない

中国のシステムというのは、権力者の都合次第で、いくらでも変えられてしまいます。それについて権力側と争っても、絶対に勝ち目がない。とても理不尽なのです。そして、その体制の中では悪賢くないと生き抜いていけない。中国人はその中で訓練されてきているから、穴があったらそこをかいくぐって、うまいことやろうとするわけです。これでは善良な心など育つわけがありません。できる限り権力からの被害を受けないように、悪知恵を働かせないと生きていけない。

また、例えば日本では大きな病院で診療を受けたいという場合、町のお医者さんに紹介状を書いてもらうことがあります。でもそれは〝裏口〟ではありません。紹介されても、ちゃんと病院の受付で手続きをして、順番通り、診察を受けます。しかし中国では、「あそこの病院で診てもらいたい」という場合、コネを使うか、大枚をはたかないと診てもらえません。薬も高いものを処方されます。例えば白内障だとしたら、目薬だけで十分なのに、栄養剤など余計なものまで売りつけられる。すべて、権力にいかに擦り寄るかにかかっています。お金以上に、権力がないと動けない社会なのです。

前にも述べましたが、中国の企業は利益を上げているかもしれませんが、それはビジネスセンスに富んでいるからではありません。裏に権力との強力なコネクションがないと、中国で成功するのは不可能なのです。

習近平や王岐山が、決して権力を手放そうとしないのは、それにすがるしか方法がないからです。だから憲法改正までして、終身党主席に居座ろうとする。でも万が一、別の人が権力を握ったら、彼らの立場だってどうなるかわかりません。

いまの上海や北京の近代化された光景は、ヨーロッパやアメリカと変わらない。近代化された高層ビルや住宅が建ち並んでいます。それを目にすると、中国も同じような社会になっているのではないかと勘違いしそうですが、上辺はともかく、社会システムは旧態依然のままなのです。

まして観光客として訪れたのでは、表面しかわからない。では中国で暮らす場合はどうかというと、外国人はいくらか優遇されるので、真の中国人の姿はわかりません。例えば中国人には手が出ないチケットでも優先的に入手できるなど、いろいろな便宜が図られています。もちろん「外国人値段」ですが、それでも先進国に比べれば安い。そんな形で優遇されています。

日本人は危機感がなさすぎる！

中国はいま数字を捏造して「自分たちは感染を抑え込んだから」と言って、医療チームの派遣やマスクの提供などで、海外支援をしようとしています。そういう美談を作って、他の国に侵入していくわけなのです。

繰り返しになりますが、いまはまだ有効な薬も治療法もないのに、どうやって〝抑え込んだ〟のでしょうか。具体的な手順は一切説明されていません。

例えば、医療チームをイタリアに派遣するとしても、イタリアで本当に医療活動をするのか、他の目的があるのか、あるいは支援されたマスクは本当に問題のないものなのか……。意地の悪い見方かもしれませんが、その点をしっかり見極める必要があります。特に日本人は生来、心根が優しいし、平和で、穏やかに暮らしてきたので、私がこんなことを言うと顰蹙《ひんしゅく》を買うかもしれません。

私自身も、できればこんなことは言いたくはない。しかし、悪魔のような中国共産党を前にしたら、声を大にして叫ばないではいられません。

実は私はだいぶ前から、六〇歳になるのを待たず、早めに仕事をやめてヨーロッパに移住して地中海沿岸のどこかで老後を送りたいと考えていたのですが、去年六月、香港の時代革命が勃発し、当局は街頭で抗議活動する若者たちに暴行を加えたりするような場面をたくさん目にして、心を痛めていました。

年が変わり中国の春節早々、「新型コロナウイルスで武漢封鎖」のニュースが伝えられました。ネット上には、武漢の街頭から団地住宅の中まで、場所も時間もかまわず、警察や腕に赤い腕章をつけた「治安維持」の民兵のような人たちが、住民を殴る、蹴る、引きずるなどの暴力を振るっている場面があふれていました。私はそれを見て、「文革再来」を感じて、居ても立ってもいられなくなりました。

中国の庶民は反抗するすべもなく、感染を疑われると、大広間のような「隔離施設」に連れていかれ、病死するのを待つか、さもなければ無理やり家の中に閉じ込められ、食料品も提供されない中で飢え死にするかの二者択一です。眺めているこちらまで絶望に陥ってしまう社会……私もそこから逃げ出した一人だと、ハッと気がついたのです。

やがてウイルスは日本、韓国、イラン、イタリア、アメリカへと世界の隅々に蔓延し、いま、中国を含む世界の国々の死亡者数は約三六・五万人（二〇二〇年五月三〇日）に上っています。しかし私の周りの日本の友人たちは、これは〝ただのウイルスだ〟と考える人が依然として多く、「春が来れば」「夏が来れば」「そのうちに」「いずれ収まるでしょ」と、気楽に構えていた人も多くいました。

「これはただのウイルスではない。生物兵器です。いまはウイルスとの戦争中です」

と、私は中国、アメリカなどの様々なニュースを読んで、自分なりに分析した結果、ほぼそう確信しました。しかしこうした真実に近づけるようなニュースは、日本ではあまり伝えられていないように思います。「新型コロナウイルス」関係の記事を見れば、「中国、武漢新型コロナウイルスによる肺炎の入院患者ゼロに」とか、「中国の経済V字復活」などのタイトルも目につきます。中国当局が発表した情報を鵜呑みにしているだけにすぎないのです。

日本人の多くは、「いざとなればなんとかしてくれる」と、政府やメディアを信頼しています。無論、それはいいことではありますが、情報が少ないため判断を誤り、健康を害するだけでなく、命までを危険に晒すのではないでしょうか。それを尻目に、私は何もせずにはいられなかったのです。

長いこと悩みましたが、とうとう家族の理解を得て、ユーチューブ動画配信という形で、私が知りうる情報を少しでもお伝えして、注意を呼びかけることを決心しました。

中国当局は、武漢P４実験室で合成したウイルスを、まず自国民を虐殺することで、世界中から同情を博すると同時に、人々の警戒心を解いたのです。そしてウイルスの攻撃によって医療崩壊し経済も立ち行かなくなるという状況に陥った頃を見計らって、どさくさに紛れて世界制覇を狙う……そういう計画ではないかと疑っています。

その証拠の一つに、新型コロナウイルスが発生してから一月二〇日までの六週間の間に、WHOのテドロス事務局長の助けもあって、中国当局は「感染はコントロールできる」だの「ヒトからヒトへの感染は見られない」だのと虚偽の情報を流す一方、稼いだ時間で、ウイルス予防に欠かせないマスク、防護服、消毒液などを、日本を含め欧米の国々で買い占めたのです。一二月から一月中旬までに、アメリカだけでもマスクは二〇億枚、防護服は二五三八万セットを買い漁って、中国に送り返しているのです。

人々がウイルスの危険に気づいてドラッグストアに走ると、マスクも消毒液もとっくに消えてしまっていました。日本は四月の段階でさえ、マスク予算とか「アベノマスク」などについて延々と議論を続けた背景には、まさにこの買い占めがあったのだと思います。

またつい先日、郭文貴が元アメリカ合衆国首席戦略官であるスティーブン・バノンの「War Room」に出演し、次のように衝撃的な告白をしました。

「二〇一一年から一二年にかけて、ある中国共産党情報部門の高官が私と何度か会って、『私たちには武漢でP４実験室を作るというプロジェクトがある。そのために資金と専門の科学者が必要なので、アメリカ、フランス、イギリスから資金を寄付してくれるよう投資者を見つけてください』と頼まれた。そのとき、中国当局には大きな計画があることを知った。それは、アメリカを潰す目的で生物兵器を研究開発することだ。

その高官はいまも中国共産党中央委員会の一員である。彼は当時、『我々はアメリカと必ず戦争する。だから早めに準備して、一番安く簡単に一〇〇パーセントアメリカを潰す方法を見つけなければならない』と、その計画を私に話した。でも私は彼の頼みを断った。しばらくして、彼はアメリカから資金調達し、専門家や科学者を中国に送り込んだ。

またつい最近、新型コロナウイルスの秘密を知っているというP4実験室関係の中国人専門家は、無事にヨーロッパに逃れることができた。電話口でこの専門家は『私が持っている情報をあなたにあげてもかまわないが、私が恐れているのは、中国共産党というよりアメリカのほうだ。なぜならば、P4実験室の資金も技術も専門家も情報もすべてアメリカから来ていて、もし私がアメリカに渡ったら、きっとアメリカ内部にいる裏切り者たちに殺されてしまうだろう』と話してくれた」

ぞっとしてしまいました。世界がグローバル化してきた中で、中国共産党はその波に乗って、西側諸国に対してBGY工作を仕掛け続け、「腐敗文化」を輸出してきたのです。このパンデミックによって、その部分も少しずつ見えてきているのではないでしょうか。

たとえ今回の新型コロナウイルスの世界的感染が収まったとしても、共産党はまた別のウイルスをばら撒くのかもしれません。いま世界を脅かしているのは「中国共産党というウイルス」で、新型コロナウイルスに打ち克つためにも、まず中国共産党という独裁政権を潰さなければならないと思います。

中国共産党の世界支配への野望と、その汚い戦法（手口）が記された本があります。『超限戦』（喬良／王湘穂著、日本語版『超限戦——21世紀の「新しい戦争」』・角川新書）です。それを読めば、今回のパンデミックは、彼らによって仕掛けられたものだとわかるでしょう。

武漢市民の「共産党、やめろ！」の声

東日本大震災のとき、避難生活で寒さに耐えながら、みなじっと順番待ちをして、配給されるものを受け取っていました。「日本人は偉いなあ」と心底、感じました。中国だったら、まず乱闘に発展してしまうでしょうし、それ以前に、配給物資が庶民には届かない。届いても有料です。

今回の新型コロナウイルスで隔離された武漢の住民たちには何も届かなかった。隔離さ

れて外に出られないので、買い物に行けず、あまり食料もなかった。

前述したように、やっと野菜を積んだ車が到着したのですが、キュウリの値段が普段の一〇倍もしたそうです。市のトップの親戚がやっていた移動販売車だったのです。こんなときでもお金儲けしようとする。

でも高くて買えないので、どこかのボランティアに連絡し、農家の人が収穫した野菜を運ぼうとしたのです。すると、それを聞きつけた〝お偉いさん〟がいち早く農村に出向いて、野菜をトラックに積もうとしたそうです。農家の人たちは訳がわからないので、「なぜ?」と聞くと、「これを寄付しなさい」と命令して、持っていってしまう。そして高値で売るのです。

一方、ボランティアの人たちが野菜を集めて、正常な値段で売ろうとすると、高値で売っている側が警察に通報するのです。警察官はトップの飼い犬ですから、ボランティアの人たちを取り締まる。「野菜販売の許可を受けていない」というのが彼らの理屈です。こんな事例はたくさんあります。

そして野菜が手に入らなかった人たちが集まって、「共産党、やめろ!」と声を上げている動画が、たくさんアップされています。

武漢の赤十字もひどいものです。日本を含めた諸外国から、武漢に寄付や大量の援助物資が寄せられました。でも、それを武漢の赤十字がストックしてしまって、病院にも庶民の手にも届いていない。一部は警察と軍が自分たちで分けてしまい、大半はまだ武漢赤十字のどこかで眠っているはずですし、寄付されたお金は共産党幹部の懐に入っているに違いありません。

援助物資をストックしていずれ売ろうという魂胆かと思ったら、即座に売り払ってしまったそうです。一部は、箱に援助物資のラベルが貼ってあるまま、市場で売られていたそうです。

これも映像が流出したのですが、もっとも悪質なのは、マスクが個人宛に郵送されてくると、税関が発見して〝押収〟してしまう。おそらく税関の職員なのだと思いますが、堂々と「マスク押さえたよ、早い者勝ちだよ」といった具合に、ネットで売っている。明らかな窃盗です。開いた口が塞がらないとはこのことです。

そんなことをして逮捕されないのかと思うかもしれませんが、逮捕されないから堂々と売っているのではないでしょうか。おそらく、バックに誰かいるのでしょう。

中国では赤十字は「紅十字」と言うのですが、二〇〇八年の四川大地震が発生したとき、国内外から大量の寄付金が届きました。しばらく経つと、ある女性が高級車に乗って、高級住宅に住み、パリに行った動画がアップされました。そこで身元を調べたら、中国紅十字の実力者の愛人でした。さすがに追及の手を逃れられず、捜査の手が及んだのですが、結局、お金のありかも明らかにならず、あやふやに終わってしまいました。日本でも報道されたのでご存知の方も多いと思います。

紅十字には、ただでさえ寄付金が集まります。本来は困っている人を救うための寄付金なのに、労せずしてお金が集まるのだから自分の懐に入れてもいいだろうという、そういう感覚なのです。

郵便局員による犯罪もありました。中国でもｉＰｈｏｎｅが流行りましたが、新しい機種が出るといち早く手に入れたいと思うのは人間の性です。日本で先行販売されると、中国人はそこで買って転売しようとする、あるいは中国国内の親戚や友人のために買ってあげる。そこで郵送すると、箱だけ届いて、肝心のｉＰｈｏｎｅが入っていない。郵便局員に抜き取られてしまったのです。

現金は必ずと言っていいほど、消えてしまいます。日本円を中国に送金するのは面倒な手続きがいるので、私の友人は何重にもくるんで、国際郵便で送ったのです。案の定、消えてしまいました。追跡したけど、一向にらちがあかないまま、結局、泣き寝入りです。

沈黙は共産党の犯罪への加担に繋がる

私は平和と自由を求めて日本にやってきて、これまで平和に暮らしてきました。しかし、今度の騒ぎで、中国共産党の独裁政権がある限り、この世に安心して安全に暮らせる場所など存在し得ないことに気づきました。そんな危険を察知していながら何も言わずに黙っていたら、犯罪への加担に繋がるではないかとずっと悩んでいたのです。

その間も、新型コロナウイルスはどんどん猛威を振るって、ついに日本も韓国も深刻になってきました。ネット上で毎日のように、中国・武漢などの街頭で歩いている人が突然倒れて死ぬというような動画や写真を見て、愕然としました。自分もいつか感染して、あいうふうに死んでしまうかもしれません。ならば、言論の自由がある日本にいる私は、声を上げなければ、そしていま中国で何が起きているのか、政府によって生死の境目に追い込まれ助けを求めるすべもない中国の庶民たちはどういう生活をしているのかなどを、外の世界に伝えたい……。

また、危険はすぐそばに忍び寄っているのに、気づいていない日本人にも警戒を呼びかけなければと思いました。どうせ死ぬなら、自分のためにも人のためにも、一度戦ってからでないと。精一杯戦ってから死んでいきたいと思いました。

実はそんな気持ちは、香港の時代革命あたりからで、警察の暴行を受ける若い学生たちを眺めるばかりで何もできなくて、ずっと胸にモヤモヤしていたのかもしれません。二〇〇万人、三〇〇万人もの人が街頭に出て、香港政庁の政策にＮＯを突きつけた。とてもうれしかったのです。

私が天安門で感じたときと同じように「これは変わるかもしれない」と思いました。でも中国本土から大量の警官が動員され、香港の学生が犠牲になっていく姿を見て、やはり耐えられなくなりました。

「安穏と日本で暮らしていていいんだろうか？」

生物兵器の可能性があるウイルスがばら撒かれ、ごく身近に漂っているかもしれない。そこらじゅうが汚染されているかもしれないのです。

では、この騒動が収束すれば、それで一件落着かというと、そうはいきません。中国共産党という悪魔がいる限り、根本的な解決にはならないのです。

再三述べているように、新型コロナウイルスは生物兵器だと、私は考えています。いまパンデミックを起こし、世界中どこにも、安全な場所はありません。仮にワクチンが開発されて、いったん収束したとしても、これが〝事故〟ではなく「中国共産党の野心によって起こされた戦争」だとしたら、いつまた同じことが起きないとも限らないのです。また違うウイルスが登場するかもしれません。中国人だけではありません。こういう「危険な国」と隣り合わせにいる日本の皆さんにとっても、決して他人事ではないのです。「新型コロナウイルスがなぜ生まれたのか？」「どうしてパンデミックが起こったのか？」を真剣に突き止めるようにしていただきたい。そうでないと、いつまで経っても「受け身」でしか生きられなくなってしまいます。

暴論かもしれませんが、世界の人類が平和で安全に暮らしていくためには、それを脅かす中国共産党政権を崩壊させるしかありません。でも、それに気づかないまま、毎日を安穏と暮らしている人がどれほど多いことか。私もそうでした。その無自覚がどれほど怖いことなのか、気づかないままだったのです。

私は、自分ではこのウイルスについての核心情報に気づいたと思っていますが、それなのに沈黙を続けていたら、自分は犯罪の補助役になってしまうと感じました。それは結局、中国共産党に味方をするのと同じことです。沈黙は犯罪に当たると思いました。自分の良心に照らして許せない。そこで、危険があるかもしれないけれど、私なりに思い切って声を上げることにしたのです。

中国人よ、〝洗脳〟から脱却せよ！

私は、中国は「共産党という悪魔」に支配されていると考えていますが、国民の大部分はそれに気づいていないか、容認しています。これは長年の〝洗脳〟によるものなのです。

私が日本に来た当時、週刊誌などには平気で日本政府批判の記事が載っていて、それにびっくりしました。特に中国人にとって尊敬できる日本人政治家の田中角栄の悪口などが、たくさん掲載されていました。「なんて無礼な！」と思いました。でもそれは、日本では当たり前のことです。しかし私のように、中国の教育で洗脳された人間は違和感を覚えるのです。この洗脳が解けるまでに時間がかかりました。

先ほど、「中国人はお金しか信用しない」と書きました。確かに見るに堪えない姿だと思いますが、そうした彼らも共産党独裁政治の被害者、気の毒な存在なのです。

私の母は地主の娘なのですが、共産主義革命で先祖代々の土地を取り上げられて、なおかつ「反革命」の烙印まで押されてしまいました。ですから母は、「家なんて買ってはいけないよ、土地も買ってはいけないよ」と、よく口にしていました。家や土地があると、そこを離れられないし、いざというときに持って逃げられないからです。お金で持っていれば、どうにでもなります。母にとって「逃げる」は大きなキーワードになっていたし、まして土地があってそこに根ざすほど危険なことはないと、母の世代は、おそらくそういう価値観で生きてきたのでしょう。

母のこの言葉を象徴するような出来事が、先ほども紹介した肖建華の〝失踪〟事件でしょう。中国の資産家で、香港で活躍していた彼のように、ある日突然、すべてを失ってしまう人は後を絶ちません。いきなり拉致されてすべて奪われても、対抗しようがない。中国では権力は法律の上に君臨しているので、法廷闘争も意味をなさないのです。

鄧小平の孫娘と結婚した呉小暉《ごしょうき》という人物がいます。王岐山は彼の所有する信託銀行を手に入れるために、「安全は保障する」という約束で、彼をアメリカからおびき寄せました。しかし約束は反故にされて、彼はそのまま空港から拉致され、いまは生死不明です。

王岐山は呉小暉を逮捕することで「鄧一族の権力は失われた」と宣言するのが目的でした。中国の事実上のトップに君臨し、権勢を誇った人物の一族でさえ、安全ではないのです。それを熟知しているから、習近平、王岐山ラインは「終生国家主席」に固執し、江沢民一族も権謀術数を凝らすのです。

「中国一の大富豪」と謳われた王健林《おうけんりん》も、二〇一六年、自身が所有する不動産や事業を、ただ同然で手放してしまいました。内心は売りたくなかったはずです。しかし「買いたい」という強い圧力には逆らえず、泣く泣く手放したのに、あげく逮捕され、久しぶりにカメラの前に出た彼は、二〇～三〇キロも痩せて、見る影もなかったそうです。

また、当局が目をつけた人物に対しては、中国は家族揃っての行動を制限します。仮に父親が海外に出かけるとしたら、息子は必ず国内にとどまる必要があります。一種の人質です。それに逆らったら財産を奪われるだけでなく、生命も危険に晒されることになります。

だから大物資産家であるアリババのジャック・マーは、ある日突然、退任を表明し、ほとんどの株を譲渡してしまいました。自身や家族の生命には代えられない事情があったのでしょう。

そして新たなＣＥＯが就任しましたが、誰もよく知らない人物で、プロフィールも不明なのです。「不可思議な人事」と話題になりましたが、おそらく、誰か権力者の傀儡だという説が有力です。

国際社会が中国を厳しく監視してほしい

私の願いは、一刻も早く、中国共産党政権が滅びてほしいということです。そしてうれしいことに、共産党政権はそれほど盤石ではなく、このままでは長続きしないと思っています。

国際関係では、新型コロナウイルスが出現するまでは中国が「盟友」だと思っていたロシア、イラン、北朝鮮がいち早く国境線をブロックしました。しかも北朝鮮などは、中国国境で、もし中国人が越境してくるようなら、ためらわず発砲せよという命令が伝えられていたといいます。

つまり、表面は「同盟国だ、仲間だ」と装っていても、内心はそうではないことがはっきりしたというわけです。イランも北朝鮮もいち早く、中国、香港に駐在している官僚や親戚を避難させました。北朝鮮はニュースが伝えられる前に撤退してしまったそうです。それでロシアもすぐに国境封鎖をして、中国からの輸入品や中国人の入国を規制するようにしたのです。

彼らがどうしていち早く対応できたのかといえば、WHOと中国の関係をよく知っているからでしょう。独裁者だからこそ、こういうシステムで何が起き得るかが予測できる。したがって欧米に先駆けて対応できたというわけです。イランも最終的に大規模感染を引き起こしてしまいましたが、親中派の高官はたくさんいるから、予測はできたはずです。しかし医療体制が追いつかなかったようです。

西側が大規模感染を引き起こしたのは、WHOを信用したり、中国当局の発表を鵜呑みにしたからです。中国は情報秘匿国家ですから仕方ないとしても、情報を安易に鵜呑みにする前に、もっと精査するべきだった。政府もマスコミも、責任を問われてしかるべきだと思います。

ロシアも、中国とはもっとも仲のよい「戦略的パートナー」ということになっていますが、どちらも〝俺が一番〟という意識を持っています。新型コロナウイルスが中国で感染拡大して、アメリカや日本から支援物資が届いたのですが、ロシアからも、もちろん北朝鮮からもイランからも、何も届かない。この同盟は口先だけにすぎないのです。

先ほど述べた王岐山ですが、彼はよく「一球一世界」というスローガンを唱えています。「球」は地球で、「世界は一つ」という、一見よさそうなものと誤解されますが、実は「中国共産党による統一」、つまり「地球は私のもの」という考え方なのです。「一帯一路」はその表れです。

でも、これだけの「大惨事」の元凶となった中国に対して、世界各国がしっかりと責任を追及してほしい。そして、欧米や日本のように透明性のある、安心できる政権が中国に樹立されてほしい。それこそが中国国民だけでなく、全世界の人たちが安全で平和に暮らせる道なのです。

しかし、中国で一足飛びには民主主義を実現するのは難しい。だからこそ、欧米諸国は、中国の暴走を止めるように、まず徹底的に監視してほしい。時間はかかるかもしれませんが、その結果、民主的な国家が誕生する可能性が芽生えるとしたら、それが私にとって「中国の夢」になります。

日中友好のあり方を考え直そう！

「日中友好」のあり方についても考え直したほうがいいのではないかと思います。「友好」というのは、文化や歴史などで「近親」関係にあるうえ、お互いに慕い合っていて親近感を感じ、「もっと友達になりたい」という感情が基礎にあるものです。それがあるからこそ、経済的にもウィンウィンの関係が構築でき、対等な立場でビジネス活動ができるのです。

しかし、これまで中国人観光客を主な客層として商売をしてきた日本の企業を見ると、内心は「イヤイヤ」なのに、「お金のためには仕方ない」と考えているように思えてしまいます。

ビザなどの関係もあって、中国観光客はツアー団体客が中心になっているため、「一度に大勢」、しかも日本が初めてで（最後でもあるのかもしれない）、日本社会にも文化に対してもそれほど理解がなく、むろん「非常識的」な行動が目立ったりします。したがって同じホテルに連泊することもなく、観光地でもレストランでも、リピーターになることは望めません。結局、「一過性」で「数」をこなして成り立つというビジネスモデルにならざるを得ないのですが、これはやはりアンバランスで短絡的です。これでは決して、健全に長く続く方向には向かわないのではないでしょうか。

こうした現象を前にして、私は以前から観光業などに携わる友人たちに、「素早く入ってくるお金は、去るときもあっという間よ」と忠告していたのですが、まったく耳を傾けてくれませんでした。今回の新型コロナウイルスを機に、ビジネスのあり方についても、日中友好のあり方についても考え直したほうがよいと、私は痛感しています。

コロナ収束後の世界を見据えよう！

私は国際政治や経済の専門家ではないので、特別なことは言えません。でもいま、日本は大きな岐路に立っていると思います。世界各国との競争に耐えられるように、確固たるビジョンを持って中国に依存しない構造改革を推進していくか、それとも近視眼的思考に走って、経済的に中国に〝依存〟し続けていくかです。

日本はもはや、アジアでかつてのような経済的にナンバー1の地位を占めるのは難しいでしょう。そして、あっという間に日本を抜き去った中国は、日本を置き去りにするでしょう。しかし、民主主義の日本が進歩的な国家として存在し続けることは、アジアにとっても極めて重要です。アメリカのアジア戦略が不透明さを増す中で、中国に対抗とまではいかなくても、アジアで中国を「牽制」できるのは日本しかいないからです。

新型コロナウイルスが収束した後こそ、日本が中国と渡り合うチャンスです。そのために西側諸国と緊密に連携し、断固たる改革を推進しなければ、国家の存亡すら危うくなるのではないでしょうか。

「失われた三〇年」と言われるように、日本は金融政策の大失敗で、それまで蓄えた富を吐き出してしまったように思えます。日本国民にとっては「痛恨の極み」です。

でも、立ち直れないはずはありません。それは、日本人の一人ひとりが「自分たちの国」のあり方について、真剣に考えることから始まると思います。

先ほど、スウェーデンの高い投票率についてお話ししましたが、それに比べて日本での投票率はお驚くほどの低さ。投票権すら与えられていない国に育った人間からは「なんて、もったいない！」とため息が出ます。特に、新型コロナウイルスのような大きな危機が目前にあるときこそ、日本人は声を上げるべきなのです。政府や特定の政治家に、自分の命、財産を託して「政府がなんとかしてくれるさ」という〝他力本願〟で、新型コロナウイルス騒動が収束した後の「不安定な時代」を生き抜けるのでしょうか。積極的に働きかけなければ、日本も中国のような社会になりかねません。

もともと、日本の技術力は世界でも有数なものがあったはずです。それがあっという間に、あろうことか中国の後塵を拝さなければならなくなった。それは日本人の〝他力本願〟精神にあると、私には思えてなりません。言い換えれば、他人を気にする同調圧力や、「横並びがいい」という保守性が、社会の進歩を妨げてきたように思うのです。

私は日本に来て、日本人は世界でもっとも優秀な部類の民族だと実感しました。勤勉で礼儀正しく、他人に迷惑をかけない。そして隣人愛や郷土愛に富む日本人は、世界でも尊敬される資格を持っています。

世界の人々がリスペクトしてやまない民族、この日本にとって最大の財産を今後、どう活かしていくか、個々人が真剣に考えるときが来ていると思います。

少なくともそれに向かって邁進していけば、平和で豊かな国づくりが持続するはずです。そしてそれに気づくことが、新型コロナウイルスの災厄を、教訓に変えていく道だと思います。

おわりに――「危険だから」と、見て見ぬふりはできない

三月中旬、豪華クルーズ船「ダイヤモンドプリンセス号」に続き、北海道でも新型コロナウイルス感染症によるクラスターが起きて、「不要不急の外出」を控えるよう、呼びかけられました。そんな中で私は、新宿に出かけたのです。

だいぶ早く着いて、「軽いランチでも」と駅前のカフェに入ります。店内を見回すと、なんと「満席」なのです。コーヒーを片手にくつろぐ者や親しげに話す者、猛威を振るうウイルスなどまるで知らないかのように、普段と変わらない光景がそこにありました。

「なんという無防備の人たち」と内心で叫びつつ、客の一人が去ったのを見かけ、空いたテーブルに素早くカバンを置きます。悔しいけれど、ウイルス感染の危険を前にして自分も他人を助ける術など持っていないことを悟りました。

それから一か月半が経った五月の初め、再度新宿を訪れたところ、あのカフェは閉まっていました。駅周辺にある喫茶店のほとんども閉店。町から「人」が消えて、ひっそり静まり返っています。唖然として、顔が麻痺したように感情が失われていきました。

頭上には真っ青な空が果てしなく広がっています。人間とはこんなにもちっぽけで弱くて脆い存在だったのかと、やるせなく、しばらくその場に立ち尽くしました。

しかしこの無力感に負けてしまっていいのか。ちっぽけな存在だからこそ、自ら「わが身」を守らなければ、いずれ強いものに「食われてしまう」のではないか。それに自分と同じようなちっぽけで弱くて脆くて、いつ食われてしまうかもしれないという人が、たくさんいます。危険なのかもしれませんが、いや危険だから黙って見て見ぬ振りを私にはできるのかと、再三自問しました。やはり、できません。

私のそんな思いは幸い、悟空出版の佐藤幸一社長と編集部の竹石健さんの助力で、一冊の本に積み込むことができ、このたび上梓する運びとなりました。感謝の念に堪えません。この本を通して、中国は七〇年にわたって共産党政権に蹂躙《じゅうりん》され、人々が奴隷にも及ばないような生活を強いられているのを知るだけでなく、それが日本の私たちのすぐ身近に蔓延《はびこ》っていることに気づいてほしいと思います。

声を上げましょう。独裁政権と腐敗の共産主義「文化」に、Let's say NO！

二〇二〇年五月　　楊逸

【著者略歴】
楊逸（ヤン・イー）
1964年、中国ハルビン生まれ。1987年留学生として来日し、1995年お茶の水女子大学文教育学部卒（地理学専攻）。2007年、『ワンちゃん』（文春文庫）で文學界新人賞受賞。2008年、『時が滲む朝』（文藝春秋）で日本語を母語としない作家として初めて芥川賞を受賞。他の作品に『金魚生活』（文春文庫）、『すき・やき』（新潮文庫）、『あなたへの歌』（中央公論新社）、他多数。現在、日本大学芸術学部教授。

わが敵「習近平」

2020年6月27日　第1刷発行

著 者　　楊逸

発行者　　大山邦興
発行所　　株式会社 飛鳥新社
〒101-0003
東京都千代田区一ツ橋2-4-3 光文恒産ビル
電話　03-3263-7770（営業）　03-3263-7773（編集）
http://www.asukashinsha.co.jp

装 幀　　芦澤泰偉
構 成　　竹石　健（未来工房）

印刷・製本　　中央精版印刷株式会社

落丁・乱丁の場合は送料当方負担でお取り替えいたします。小社営業部宛にお送り下さい。

ISBN978-4-86410-767-9

編集担当　工藤博海